쥐뿔도 없는 회귀

쥐뿔도 없는 회귀 1

목마 퓨전 판타지 장편소설

초판 1쇄 찍은 날 | 2018년 2월 7일
초판 1쇄 펴낸 날 | 2018년 2월 14일

지은이 | 목마
펴낸이 | 예경원

기획 | 위시북스
편집책임 | 이규재
편집 | 이즈플러스

펴낸곳 | 예원북스
등록번호 | 제396-2012-000132호
등록일자 | 2012. 7. 25
KFN | 제1-212호

주소 | 경기도 고양시 일산동구 호수로 646-24 위너스21 Ⅱ 빌딩 206A호 (우)10401
전화 | 031-819-9431 팩스 | 031-817-9432
E-mail | yewonbooks@naver.com

ⓒ목마, 2018

ISBN 979-11-6098-834-5 04810
　　　979-11-6098-833-8 (set)

※ 파본은 구입하신 서점에서 교환하여 드립니다.
※ 저자와 협의하여 인지를 붙이지 않습니다.
※ 이 책은 예원북스와 저작자의 계약에 의해 출판된 것이므로 무단 전재 및 유포, 공유를 금합니다.
※ 이 도서의 국립중앙도서관 출판시도서목록(CIP)은 서지정보유통지원시스템 홈페이지 (http://seoji.nl.go.kr)와 국가자료공동목록시스템(http://www.nl.go.kr/kolisnet)에서 이용하실 수 있습니다.

쥐뿔도 없는 회귀 ①

목마 퓨전 판타지 장편소설

WISHBOOKS FUSION FANTASY STORY

CONTENTS

프롤로그	7
1장 노 클래스	11
2장 사냥과 전리품	77
3장 위지호연	101
4장 사냥꾼	141
5장 비밀	165
6장 토벌 의뢰	205
7장 목적	267

프롤로그

　생각해 보면 '시작'이라는 것은 참으로 불공평하고 부조리하기 짝이 없다.
　누군가는 태어나면서부터 손에 금수저를 쥐고 있다.
　단순히 운이 좋아서 돈 많은 놈 불알의 정자로 만들어졌고, 운이 좋아서 돈 많은 여자의 배 속에 잉태되어 태어난다. 태어난다.
　노력?
　다른 정자들보다 **빠르게** 꼬리를 흔들어 앞으로 달려 나간 것도 노력이라면 노력일 것이다.
　누군가는 태어나면서부터 재능을 쥐고 태어난다.
　무언가에 대한 재능. 그것은 경우에 따라서는 흙수저를 금수저로 만들어준다.

그러한 시작의 부조리함은 이 세계에서도 똑같이 적용된다. 어떤 놈은 무공을 익혀 오고, 어떤 놈은 마법을 익혀 온다. 출발선이 다르단 말이다.

  나는?

  쥐뿔도 없었다.

  [전생의 돌이 발동되었습니다.]

  [이후로는 전생의 돌을 사용할 수가 없습니다.]

  [13년 전의 스타트 라인으로 돌아갑니다.]

"자네, 이계인(異界人)이로군."

멍하니 서 있던 소년을 향해 지나가던 사람이 말을 건다.

거리 한복판. 그립다면 그립고, 익숙하다면 익숙한 곳이다. 소년은 눈을 깜박거리다가 뒤늦게 정신을 차렸다.

"예, 예?"

"쯧쯧! 이봐, 당황스러운 것은 이해하겠는데 말일세. 정신 똑바로 차려. 이곳은 자네 같은 이계인이 흔한 곳이지만, 그렇다고 해서 이계인에게 상냥한 도시는 아니니까 말일세."

"……설마……."

머릿속이 혼란스럽다. 소년은 기억을 짚어보려다 지끈거리는 두통에 앓는 소리를 냈다.

소년이 자리에 주저앉아 끙끙거리자 말을 걸었던 남자가

당황하여 소년에게 손을 뻗는다.

"뭐야? 갑자기 왜 그래? 어디 아픈가?"

"아, 아닙니다. 잠깐 두통이……."

소년은 양손으로 머리를 싸매고서 대답했다. 압축되어 있던 기억이 거대한 파도가 되어 소년의 머릿속을 덮친다.

"헉."

소년은 크게 숨을 삼키면서 몸을 바르르 떨었다.

"……제나비스?"

"어어? 뭐야? 자네, 이계인 아니었나?"

소년이 중얼거린 지명에 남자가 되레 당황한 표정이 되었다.

제나비스. 시작의 도시.

소환된 이계인들이 가장 먼저 도착하는 도시.

'……대체 무슨 일이 일어난 거야?'

소년은 멍하니 자신의 양손을 내려 보았다.

손이…… 작다. 손아귀에 가득 박혀 있어야 할 굳은살이 보이지 않는다. 굳은살뿐만이 아니다. 시야가 낮다. 키가…… 작아졌다.

소년은 급히 양손을 들어 자신의 얼굴을 문질렀다. 얼굴에 가득해야 할 흉터가 만져지지 않는다. 상처 하나 없는 부드러운 피부가 만져진다.

그를 확인하고서, 소년은 즉시 입고 있던 티셔츠를 들어 올렸다.

없다. 선명해야 할 복근은 보이지 않고, 흉터 역시 보이지 않는다.

"……자네, 정말로 괜찮은 건가?"

남자가 걱정스러운 표정을 지으면서 물었다. 그가 보기에는 멍하니 서 있던 꼬마가 대뜸 옷을 벗어 던지려는 것으로밖에 보이지 않았기 때문이다.

"……지금, 몇 년입니까?"

"뭐?"

"에리아 년으로 몇 년입니까?"

"……1103년일세."

남자가 떨떠름한 얼굴을 하고서 대답했다.

에리아 1103년. 틀림없었다.

과거로 돌아왔다.

에리아.

이 빌어먹을 세계가 대체 무엇인지는 모르겠지만, 이 탐욕스러운 세계는 전 차원에서 다양한 이계인을 불러들여 왔다.

13년 전, 이성민 역시 이유 없이 갑작스럽게 에리아 대륙으로 소환되었다.

노 클래스(NO CLASS).

13년 전 이계인으로서 에리아 대륙에 처음으로 소환되었을 때, 그에게 주어진 클래스는 저것이었다.

노 클래스는 쉽게 말하자면 백지상태라고 할 수 있다. 무엇이든 배울 수 있고, 배우는 것에 있어서 특별 성장 보너스를 받는다. 그것은 어찌 보면 참 공평한 '룰'이었다.

어떤 놈은 에리아에 오기도 전부터 무공을 익히고 있고, 어떤 놈은 마법을 익히고 있다. 하지만 노 클래스는 아무것도 가지고 있지 않다. 그들은 무공을 익힌 것도 아니고, 마법을 익힌 것도 아니다. 에리아에 소환되지 않았더라면 평생 무공이나 마법의 존재도 모르고 평범하게 살아가야 하는 것이 바로 그들이다.

즉, 노 클래스는 에리아 대륙에 오기 전까지 평범하기 짝이 없는 사람을 일컫는 말이다.

되돌아오기 전, 이성민은 노 클래스 상태에서 에리아 대륙에서 13년 동안 생존했다. 뛰어난 두각을 보였던 것은 아니지만, 어디서 무시당하지 않을 정도의 힘은 갖추었다.

하지만 결국에는 죽고 말았다. 대수롭지 않은 죽음이었다.

이성민은 골목 벽에 등을 기대고 앉아서 자신의 죽음을 떠올려 보았다.

확실히, 대단한 죽음은 아니었다. 노 클래스로 시작한 이상 한계는 명확하다. 백지상태이기에 무엇이든지 배울 수 있는 것이 바로 노 클래스지만, 배울 것이 있어야 배우지 않겠는가.

어떤 놈은 처음부터 절세의 신공을 익힌 상태에서 에리아 대륙에 소환된다. 뛰어난 마법 실력을 갖춘 상태에서 시작하는 놈도 많다. 아무것도 익히고 있지 않은 노 클래스와 저들은 스타트 라인부터가 다르다.

똑같이 제나비스에서 시작한다고 하여도 노 클래스인 이성민이 하급 몬스터에게 죽지 않기 위해 발악할 때, 그들은 우습게 몬스터를 학살하고 지나간다.

'……전생의 돌.'

기억을 더듬는다.

분명히, 정신을 차리기 전에 그런 말을 들었다.

'설마.'

기억에 짚이는 것이 있었다. '운이 좋았다'라고 외치면서 들어갔던 던전.

운이 좋기는 개뿔.

이성민이 죽음을 맞았던 던전. 그곳에서 처음 맞닥뜨린 보물 상자를 열었을 때, 작은 돌 하나만 덩그러니 놓여 있었던 것에 실망했던 기억이 뚜렷하다.

감정 스킬을 사용해 보아도 변화가 없기에 버릴까 하였었지만, 도시의 전문 감정사에게 의뢰하면 다른 결과가 나올까 싶어서 챙겨두었던 돌.

'전생의 돌…… 하하! 재수가 없다고 생각했는데, 사실은 재수가 좋았었다는 건가.'

기억이 점차 뚜렷해진다. 이후로는 전생의 돌을 사용할 수 없다. 그 목소리는 뚜렷하다. 즉, 이번 생으로 돌아온 것은 우연과 같은 행운이었고, 다시는 그 행운의 덕을 볼 수 없다는 말이다.

'상태창.'

이름: 이성민
직업: 노 클래스
스킬: 없음

슬며시 했던 기대감이 박살 난다. 13년 전으로 돌아오기는 했지만 그것이 전부였다. 직업도 그대로였고 스킬조차 없다.

'아니지. 죽음에서 살아남아 과거로 돌아왔다는 것이 중요한 거야.'

긍정적으로 생각하기로 마음먹었다.

죽지 않고 과거로 돌아왔다는 것. 그것만으로도 충분하다.

이성민은 급히 몸을 일으켰다.

전생에서의 보유 스킬이라고 해봐야 대단한 것은 없었다. 절세신공을 이미 익히고 있는 놈들은 타인에게 자신의 무공을 전수해 주는 일이 거의 없었고, 가끔 발견되는 무공 비급 같은 것은 이성민으로서는 엄두도 못 낼 정도로 가격이 비쌌다.

그것은 무공뿐만이 아니라 마법도 똑같았다. 그렇다 보니 전생에서 이성민이 익힐 수 있었던 스킬은 이성민이 구할 수 있는 수준의 것밖에 되지 않았다.

좋게 쳐줘 봐야 이류(二流).

13년 동안 고생하면서 익히기는 하였지만, 그리 큰 미련은 가지고 있지 않다. 오히려 아무것도 익히지 않은 지금의 상태가 좋았다.

전생에서 이성민이 살았던 13년간의 기억. 뚜렷한 것은 아니어도 굵직한 것들에 대해서는 기억하고 있다.

"이봐, 괜찮아?"

주저앉아 있던 이성민을 부축해서 데리고 왔던 남자.

이성민은 몸을 일으키고서 그에게 슬쩍 머리를 숙여주었다.

제나비스.

저 남자가 말했던 것처럼 이 도시는 모든 이계인이 처음으로 도착하는 도시이지만 이계인에게 그리 상냥한 도시는 아니다. 그렇기에 이성민은 저 남자에게 감사를 느꼈다. 이성민이 이계인이라는 것을 알면서도 이성민에게 최소한의 호의를 주었기 때문이다.

"괜찮습니다."

"……그렇다면 다행이로군. 자아, 여기. 물을 조금 가져왔어."

남자가 웃으면서 물병을 건넨다. 이성민은 남자가 건네는 물병을 양손으로 받았다.

"감사합니다."

"감사하기는 뭘. 사람이 서로를 돕고 살아야지. 자네, 노 클래스지? 딱 보면 알아. 노 클래스는…… 이 도시에서 적응하기가 힘들지. 아마 앞으로 고생 좀 많이 할 거야."

남자가 안쓰럽다는 표정을 짓는다. 저것이 보편적인 노 클래스에 대한 인식이다. 아무런 준비가 되어 있지 않기에, 노 클래스는 이 빌어먹을 에리아 대륙에서 살아남는 것이 힘들다.

"그렇죠."

물병을 입가로 가져가면서 중얼거린다.

이성민은 전생의 기억을 그대로 가지고 있다는 것에 대해 감사했다. 특히나, '이런 일'에 있어서 이성민이 가진 '경험'은 훌륭한 무기가 된다. 경계하지 않았다면 느끼지 못했을 비릿

한 향.

아직까지는 의심의 단계다. 입술을 열어 물을 아주 조금, 입안에 넣어본다.

혀끝에 살짝 닿는 저릿함.

괜찮다. 식도로 넘어가지 않는다면 이 독은 작용하지 않는다.

제나비스. 이 빌어먹을 도시.

13년 전에도 참 많이 뎄지.

"푸웃!"

이성민은 입안 가득 머금고 있던 물을 남자의 면상을 향해 내뿜었다. 이성민이 물을 다 마시는 것을 기다리고 있던 남자가 놀란 소리를 낸다.

"우왁!"

갑작스레 이 도시에 도착한 이계인은 이 도시의 주민들에게 있어서 좋은 먹잇감이 된다. 특히나 아무런 능력도 가지고 있지 않은 노 클래스는 가장 쉬운 먹잇감이다.

물을 마셨다면 어떻게 되었을까? 전신이 마비되고, 그다음은? 흑마법사에게 팔렸을지도 모르고, 노예상에게 팔렸을지도 모르지.

확실한 것은.

절대로 좋은 꼴은 겪지 않았을 거야.

"무, 무슨 짓이야?!"

"너야말로."

13년 동안 에리아에서 살아가면서 확실하게 느꼈던 것이 있다.

타인을 쉽게 믿지 마라.

온갖 차원에서 온 이계인들 모두가 악인이라는 것은 아니다. 하지만 그렇다고 해서 모두가 선인이라는 것도 아니다.

이곳은 자신의 이득을 위해서 타인의 뒤통수를 갈기는 쓰레기가 즐비한 곳이다.

물에 섞인 마비 독이 눈으로 들어가, 남자는 고통스러운 신음을 흘리고 있었다. 치명적인 독은 아니겠지만 당장 눈을 뜨는 것은 불가능하다. 이성민은 주먹을 말아 쥐고서 남자에게 달려들었다.

아무런 스킬도 가지고 있지 않았지만 과거의 경험은 몸을 쓰는 것을 과감하게 만들어준다. 아무런 사건도 겪지 못한 13년 전의 육체는 나약하기 짝이 없었지만 이성민에게는 경험이 있다.

말아 쥔 주먹을 남자의 목적을 향해 내지른다.

빠악!

둔탁한 소리와 함께 남자의 입이 쩍 벌어진다. 이성민은 무릎을 세워 남자의 사타구니를 올려 찍었다.

"으어억!"

보잘것없는 근력이라지만 어린아이의 발길질에 거시기를 맞으면 꼼짝 못하는 동물이 바로 남자다.

불알이 터진 것이 아닐까 싶기는 하였지만 이성민이 알 바는 아니었다. 이성민은 나뒹구는 남자의 머리를 향해 있는 힘껏 발을 걷어찼다.

남자의 입에서 피가 뿜어졌다. 이성민은 몇 번을 더 발길질을 하고서 공격을 멈추었다.

고작 이 정도.

전력으로 몇 번 발길질을 한 것만으로도 호흡이 가쁘다.

"엿 같은 도시야."

그렇게 내뱉고서 기절한 남자의 몸을 뒤진다. 놈이 품 안에 숨겨두었던 단검을 챙기고 지갑을 빼앗았다.

이것으로 당장의 자금과 무기는 확보했다.

이성민은 여기서 잠깐 망설였다. 이놈을 살려둬야 할지 말아야 할지.

대답은 뻔했다. 살려두었다가 나중에 복수라도 하겠다고 찾아온다면 일이 귀찮아진다.

13년 전의 이성민은 '살인'이라는 것에 전혀 익숙하지 않았다. 당시의 이성민은 어디에나 있을 법한 14살의 중학생이었고, 개미나 바퀴벌레, 파리 따위를 죽인 것이 무언가를 죽인 것에 대한 유일한 경험이었다. 그것은 대부분의 노 클래스가 가진 정신적인 나약함이었다.

하지만 지금의 이성민은 아니다. 이성민은 망설임 없이 남자의 가슴에 검을 꽂았다. 늑골 사이에 단검을 밀어 넣어 심장을 찔렀다.

이것으로 후환은 없앴다.

이성민은 자신이 가질 수 있었으나, 가지지 못했던 것에 대해서는 기억하고 있다.

그런 류의 기억에 대해서는 뚜렷하다. 잠들기 전에 몇 번이나 생각하곤 했다.

내가 만약에 그런 기회를 얻었다면?

그런 가정은 하다 보면 끝이 없고, 전생의 이성민은 구질구질한 노 클래스로 시작한지라 언제나 기회에 대해 목이 말라 있었다.

이성민의 기억으로, 13년 전의 제나비스에서는 이성민의 빌어먹을 처지를 개선할 수 있을 만한 기회가 세 개나 있었다.

덕분에 이성민은 빠르게 당장 해야 할 목표를 정할 수가 있었다.

우선 확보해야 할 것은 '무골(武骨)'이다.

무골이라는 것은 쉽게 말해서 무공을 쉽게 익힐 수 있는 골격을 말한다.

과거의 이성민은 무공을 익혔고, 그 경험을 살리기 위해서는 앞으로도 무공을 익히는 편이 낫다고 생각한다.

노 클래스는 대부분의 스킬을 빠르게 배울 수 있는 특징을 가지고 있지만, 무골까지 얻는다면 그 속도에 가속이 붙는다. 앞으로 찾아올 기회에 대한 경쟁에서 앞서가기 위해서는 무골을 확보하는 것을 최우선으로 잡아야 한다.

무골의 획득 조건은 간단하다.

'아무 스킬도 익히지 않을 것'.

그것은 굉장히 쉬우면서도 어려운 조건이었다.

만약 이성민이 사람을 3명 죽인다면 '살인' 스킬을 얻게 된다. 이렇듯 스킬은 어찌 보면 굉장히 얻는 것이 어려운 것 같으면서도 쉬웠다.

다행히 현재 이성민은 아무런 스킬도 가지고 있지 않으니, 무골을 얻을 조건은 충족된다.

이성민은 전생에서의 기억을 최대한 되짚어가면서 거리를 가로질렀다.

새삼스레, 이성민은 자기 자신이 사촌이 땅을 사면 배가 아픈 성격이라는 것에 대해 감사를 느꼈다.

찾았다.

무병 접골원.

이성민은 그 낡아 빠진 간판을 올려다보았다.

13년 전의 이성민은 무골에 대한 소문을 듣자마자 무병 접골원을 찾아왔었다. 전 재산을 털어 '시술'을 부탁하였으나, 시술 조건이 되지 않는다는 이유로 거절당했었다.

그땐 얼마나 억울했던지.

"골격 개조 시술을 받기 위해 왔습니다만."

무병 접골원에는 손님이 아무도 없었다. 이성민의 기억상 이 접골원은 개업한 지 얼마 되지 않았고, 앞으로 머지않아서…… 어떤 운 좋은 노 클래스가 골격 개조 시술을 받게 되면서 손님이 가득 차게 된다.

하지만 그래 봤자 반년이다. 반년 후에 무병 접골원은 문을 닫는다. 골격 개조 시술을 받지 못하게 된 무림인이 원한을 이유로 접골원의 의원을 살해하기 때문이다.

"……골격 개조 시술?"

얼굴에 주름이 자글자글한 노인이 이성민을 보면서 놀란 표정을 짓는다.

하긴, 놀랄 만도 하지. 다 크지도 않은 꼬마가 대뜸 들어와서 골격 개조 시술을 해달라고 하다니.

하물며 지금 시기는 골격 개조 시술이 알려지기도 전이다.

"네."

"……대체 어디서 듣고 온 거냐? 아무한테도 말하지 않았는데……."

노인이 중얼거린다. 알고 있다. 애초에 골격 개조 시술을 처음 받은 놈도 단순한 우연으로 그 시술을 받게 된 것이다.

목이 뻐근해서 아무 생각 없이 접골원에 들어갔는데, 의원이 돈을 안 받을 테니 한번 받아보겠냐고 권했었다지.

물론, 이 시술의 효능이 알려지고 난 뒤에는 찾아온 노 클래스들에게 돈을 받아 처먹었지만.

"할 수 있지요?"

노인의 얼굴을 빤히 보면서 묻는다. 노인은 여전히 혼란스러운 얼굴이었으나 일단은 머리를 끄덕거렸다.

"허허…… 설마 이렇게 하게 될 줄은 몰랐는데. 돈은 되었네. 이 시술을 사람에게 직접 하는 것은 처음이거든. 대신에, 부작용에 대해서는……."

"상관없습니다."

이 시술에 부작용은 없다. 이성민이 주저 없이 대답하자 노인은 천천히 머리를 끄덕거렸다.

"하지만 말이다, 꼬마야. 골격 개조 시술은 받고 싶다고 해서 쉽게 받을 수 있는 것은 아니야. 너는…… 그러니까…… 노 클래스냐? 다른 스킬을 가지고 있는 것은 아니겠지?"

"노 클래스고, 스킬은 가지고 있지 않습니다."

13년 전에 따져 물었었다. 그냥 하면 될 것을 왜 조건 따위가 있는 것이냐고. 그때 이유를 들었다. 스킬은 육체를 변화시킨다. 그렇게 변화를 거친 육체는 골격 개조 시술을 받을 수 없다. 하나 지금의 이성민에게는 해당되지 않는다. 그는 현재 아무런 스킬도 익히지 않은 상태다.

"따라오거라."

노인은 접골원의 문을 걸어 잠그고서 이성민을 안쪽으로 안내했다.

"옷을 벗고서 이 위에 눕거라."

이성민은 주저하지 않고서 옷을 벗었다. 옷을 벗으니 지금의 자신의 몸뚱이가 얼마나 나약한지 확실히 알았다.

근육이 적다. 전생의 몸뚱이에는 가득 새겨져 있던 흉터가 없다는 것이 굉장히 낯설게 느껴진다.

이제부터 시작이다. 이성민은 호흡을 고르면서 침대 위에 누웠다.

우선 무골을 얻는다. 그다음부터는 머릿속으로 기억하고 있는, 얻지 못했던 기회들을 얻는 것에 주력한다.

"조금 아플 게야."

노인이 소매를 걷어 올리곤 침을 들었다.

아픔이야 익숙하지.

이성민은 피식 웃으면서 눈을 감았다.

아플 수밖에 없는 시술이다. 기존의 골격을 아예 비틀어버리면서 강제로 무골을 만드는 것이다.

산 채로 뼈가 비틀리고 기존과는 다른 형태로 맞춰지는 것은, 노인이 말했던 것처럼 굉장히 고통스러웠다.

하지만 이성민은 비명 한 번 지르지 않고서 통증을 견뎌냈다. 오히려 이성민은 이 통증이 기쁘게 느껴졌다.

이것으로 이성민은 13년 전과는 다른 스타트 라인에 서게 되었다. 그래 봤자 처음부터 무공이나 마법 따위를 익힌 놈들에게는 뒤처진 시작이지만, 적어도 같은 노 클래스들보다는 확연하게 앞선 스타트 라인을 갖게 되었다.

[하급 무골을 획득하였습니다!]

통증이 잦아들었을 때, 이성민의 머릿속에서 그런 메시지가 울렸다. 이성민은 즉시 상태창을 열어 이번에 얻은 '하급 무골'에 대해 확인해 보았다.

이름: 이성민
직업: 노 클래스
스킬:
하급 무골

―무공을 익히기 위한 골격. 그리 대단한 골격은 아니지만, 범인(凡人)보다는 빠르게 무공을 익힐 수 있습니다.

"끝났다."

노인이 입을 열었다. 이성민은 숨을 고르면서 몸을 일으켰다.

하급 무골.

설명에서도 알 수 있듯이, 그리 대단한 무골은 아니다. 하지만 노 클래스에게 있어서는 간절한 골격이다.

애초에 무골은 얻는 것 자체가 굉장히 힘든 일이었다. 노 클래스의 빠른 성장 보정과 무골의 무공에 대한 성장 보정이 겹쳐진다면, 하급 무골이라고 하여도 중급 이상의 효과를 가질 수 있을 것이다.

"성공했군. 살아 있는 인간한테 써보는 것은 처음인데…… 허허! 돈은 받지 않겠네. 대신에, 소문이나 제대로 내주게."

노인이 함박웃음을 지으면서 말한다. 성공을 확인하였으니 이 시술을 통해 한몫 단단히 벌어들이겠다는 심산이겠지.

하지만 이성민은 알고 있다. 노인은 반년 뒤에 죽는다. 무골 시술을 받지 못한 무림인이 홧김에 휘두른 칼에 맞아 죽는단 말이다.

"알겠습니다."

그 사실을 굳이 노인에게 말하지는 않았다. 이성민은 겉으로 보기에는 14살의 소년일 뿐이다. 노인을 위해 말해줄 의리도 크게 없거니와, 애초에 말한다고 하여도 노인은 이성민의 말을 귀 기울여 듣지 않을 것이다.

이성민이 이곳에서 받은 시술에 대해 입을 닥치고 있다고 하여도 어차피 머지않아 이 접골원에서 무골 시술을 받는 사람은 생기게 된다. 그리고 소문이 나겠지.

차라리 이성민이 노인을 죽이면 어떨까. 그렇다면 제나비스에서 무골 시술은 아예 없던 것이 된다. 그 수혜를 받은 사람은 이성민만 남게 된다.

아니, 아니다. 굳이 죽일 필요는 없지.

이성민은 씁쓸함을 느끼면서 웃었다.

이성민은 자신한테 위해를 가하지도 않은 사람을 죽이려 들 정도로 썩은 인간은 아니다. 오히려 이성민에게 있어서 접골원의 노인은 은인이라고 할 수 있다. 다만 무시할 뿐이다.

"수고하십쇼."

접골원을 나왔다. 침대에서 막 몸을 일으켰을 때는 몸이 조금 뻐근했었는데, 시간이 흐를수록 뻐근함은 줄어들고 몸이 가벼워지는 것이 느껴진다.

이것으로 하나.

무골을 얻는 것. 제나비스에서 이성민은 자신이 얻을 수 있었던 기회 중 하나를 얻게 되었다.

이제는 두 번째 기회를 얻을 때다.

'고서점(古書店)으로 가야 해.'

무골로 기본 되는 그릇을 만들었다. 하지만 아직 그릇은 비어 있다.

사실 이성민은 당장에라도 그릇을 채울 수 있는 수단을 가지고 있다. 13년 전에 익혔던 이류 무공들을 뚜렷하게 기억하고 있고, 당장에라도 구결을 외운다면 이성민은 이류 수준의 내공심법을 얻게 될 것이다.

영능심법(靈能心法).

당시의 이성민으로서는 어쩔 수 없이 익혔던 심법이었지만, 언제나 그의 발목을 붙잡고 있던 심법이기도 했다.

내공심법은 무공을 펼치는 것에 가장 기본 되는 내공을 쌓는 공부다. 문제는 한번 익힌 내공심법을 버리고 새로운 심법을 익히기 위해서는 기존에 쌓았던 내공을 모조리 버리거나, 아니면 그 심법을 극성으로 익혀야 한다는 것이다.

물론 모든 심법이 그런 극단적인 제약을 가지고 있던 것은 아니었으나, 이성민이 익혔던 영능심법은 저 가혹한 제한을 내포하고 있었다.

전생에서의 영능심법의 성취는 8성. 이미 한 번 지나왔던 길이니 전생에서의 성취까지는 금세 올라갈 수 있을 것 같았지만, 이성민은 영능심법을 대체할 수 있을 심법이 어디에 있는지 이미 알고 있었다.

천진심법(天眞心法).

이 심법은 제나비스의 작은 고서점에 숨겨져 있다. 전생에서 이성민이 처음으로 제나비스에 도착하고서 일주일 뒤에 발견되었다. 고서점에 천진심법이 숨겨져 있다는 것을 처음 알게 되었을 때, 이성민은 부러움에 배가 아파서 밤새 부들부들 떨었었다.

천진심법은 일류에 들어가는 내공심법이다. 내공이 쌓이는 속도도 전생에 이성민이 익혔던 영능심법보다 빠르다.

하지만 천진심법의 진정한 묘용은 그것뿐만이 아니다. 이 심법은 영능심법과 같은 제한을 가지고 있지 않다. 언제든지 다른 심법으로 갈아탈 수 있단 말이다.

전생에서의 이성민은 10년 동안 영능심법을 익히면서 간신히 8성을 찍었는데, 천진심법을 익힌다면 극성까지 찍지 않아도 언제든지 그보다 좋은 심법으로 갈아탈 수 있단 말이다.

"찾았다……!"

한 시간 동안 고서점의 책장을 뒤진 끝에 이성민은 드디어 원하던 것을 발견했다. 이성민은 감격으로 몸을 떨면서 책장을 넘겨 내용을 확인했다.

틀림없다. 천진심법이다.

전생에서의 이성민은 이 고서점에 이런 내공심법이 존재한다는 것도 모르고 있었지만, 지금은 아니었다.

할 수 있다.

이성민은 천진심법을 소중하게 가슴에 끌어안고서 대금을 치렀다. 고서점의 주인은 이성민이 구입한 천진심법의 값어치를 알지 못하는 모양이었다. 덕분에 이성민은 거의 헐값에 천진심법을 구입할 수 있었다.

그럼에도 돈이 남는다. 아까 죽였던 놈에게서 빼앗은 지갑에는 아직 상당 부분 현금이 남아 있었다.

'시간상으로는…… 앞으로 1년인가?'

전생에서, 이성민이 제나비스에서 놓쳤던 세 번의 기회. 그 중 두 개를 얻었다. 무골을 얻었고, 천진심법을 얻었다.

다음의 기회까지는 앞으로 1년.

이성민은 지갑을 열어 남은 돈을 세어 보았다.

6만 에르.

제나비스에서 가장 싼 여관이라고 하여도 하룻밤을 지내는 것에는 2만 에르를 받는다.

하지만 사람이 어디 잠만 잔다고 사는가? 먹고 마시는 것까지 한다면 하루에 못해도 3만 에르는 들어갈 것이다.

즉, 이성민이 가지고 있는 돈은 끽해야 이틀을 버티는 것이 고작이란 말이다.

우선 돈을 벌어야 한다.

이계인이 에리아에서 돈을 버는 방법은 다양하게 존재하지만, 그중에서 가장 보편적인 것은 역시 '몬스터'를 사냥하는 것이다.

에리아는 간단하게 나누자면 두 개로 나뉜다. 인간이나 아인들이 살아가는 '거주 지역'과 몬스터가 나타나는 '사냥터'.

물론 이것은 간단한 분류일 뿐이다. 사냥터만 해도 종류가 다양하다. 예를 들면 '던전'이라거나.

이성민은 현시점의 자기 자신을 냉정하게 관조했다.

무골을 얻고 천진심법을 얻었다. 하지만 그렇다고 해서 당장의 이성민이 강한 힘을 얻었다는 것은 아니다.

무골도, 천진심법도 '앞으로'의 성장을 가속시켜 주는 것이지 얻은 즉시 이성민에게 힘을 쥐게 해주는 것은 아니다.

즉, 지금 당장 제나비스를 나가 가까운 사냥터로 간다고 해도 큰 성과를 얻을 수는 없다는 말이다.

전생에서의 이성민이라면 제나비스 근처의 사냥터쯤은 혼자서 우습게 쓸어버릴 수 있겠지만, 지금은 불가능하다.

'가지고 있는 것은 경험뿐. 그리 대단한 경험도 아니겠지만……'

전생에서의 이성민은 그리 대단한 실력은 가지고 있지 않았다. 이류 무공을 익혔고, 살아남기 위해 이것저것 많은 것을 배웠다.

 하지만 그 모든 것을 더한다고 하여도 전생에서의 이성민은 많고 많은 이계인 중에서 평균치를 간신히 웃도는 정도밖에 안 되었었다.

 노 클래스의 한계다.

 기연(奇緣)을 얻은 놈들은 노 클래스이면서도 빠르게 치고 나갔지만, 전생에서의 이성민은 기연과는 영 거리가 멀었다. 그러니 이번 생에서는 챙길 수 있는 기연은 최대한 챙겨둬야 한다.

 이성민이 거처로 삼은 곳은 제나비스에 많고 많은 여관 중 하나였고, 시설은 그리 좋지 않지만 그만큼 가격은 싼 곳이었다.

 "얼마나 묵을 거냐?"

 여관 주인은 배가 불룩 튀어나온 중년의 남자였다. 그는 우두커니 서 있는 이성민을 위아래로 훑어보며 말했다.

 "돈이 그리 많아 보이지는 않은데…… 너, 노 클래스지?"

 "네."

 "쯧쯧, 너도 참 불쌍하구나. 나이도 그리 많지 않아 보이는데…… 노 클래스에, 이런 세계로 끌려와 버리다니."

 여관 주인이 혀를 차면서 중얼거렸다. 13년 전에도 숱하게 들었던 말이다.

저 말이 단순한 동정인지 겉치레인지는 모른다. 당장 아까만 하여도 동정 어린 호의에 배신당할 뻔하지 않았던가.

"……하루 묵을 돈은 있어요. 저어…… 혹시…… 괜찮다면 내일부터는 돈 대신에 다른 것으로 방값을 지불해도 될까요?"

"어엉?"

"예를 들면 몬스터라든가…… 필요하신 것이 있다면 최대한 맞춰드릴게요. 아, 물론 돈도 드릴 거예요. 버는 만큼 최대한……."

"……흐음……."

여관 주인이 말꼬리를 흐렸다. '안 된다'라는 대답을 듣는다면 이성민은 미련 없이 다른 여관을 찾아갈 생각이었다.

몬스터는 이계인에게 돈이 되는 만큼 에리아의 원주민에게도 돈이 된다.

"뭐…… 괜찮겠지. 방은 항상 남아 있으니까. 알겠다. 대신, 내일부터는 고블린의 이빨이나 체액을 가져오거라."

잠깐 고민하는가 싶던 여관 주인이 피식 웃으면서 대답했다.

"아, 오해는 하지 마라. 고블린의 이빨이나 체액은 돈이 되거든. 알고 있냐?"

"네…… 조금은."

몬스터 사체를 가장 많이 구입하는 것은 대장장이 길드와 마법사 길드다. 가끔은 용병 길드에서 구입하기도 한다.

길드에 소속되지 않은 이성민이 사체를 들고 가서 팔려고 해봤자 수수료 때문에 제값을 건지기는 힘들다. 그럴 바에는 차라리 여관 주인에게 건네면서 숙박 대금을 치르는 편이 낫다.

"아, 그리고…… 펜과 종이를 조금 빌릴 수 있을까요?"

이성민이 묵게 된 방은 나름대로 정리가 되어 있기는 하였으나, 오래된 퀴퀴한 냄새가 났다.

목욕은 1층에 있는 공동 욕탕을 사용하면 된다고 하였고, 식사는 하루 세 번. 1층의 홀로 내려가서 주문하면 된다.

식비를 포함하여 하루를 지내는 것에 2만 에르.

목욕, 식사까지 가능하니 굉장히 싼 가격이다.

'하지만 사냥터와 거리가 멀어.'

이 여관은 제나비스의 끄트머리에 위치해 있고 사냥터와 이어지는 성문까지는 정반대 방향이다. 성문까지 가는 것만 하여도 못해도 두 시간은 잡아야 한다. 마차나 말을 탄다면 시간을 단축할 수 있겠지만, 그 값도 만만치 않다.

그렇기에 손님이 적은 것이겠지.

이성민으로서는 오히려 이편이 좋았다. 저렴하게 거처를 마련할 수 있기 때문이다.

이성민은 여관 주인에게 빌린 노트를 펼쳤다. 우선 머릿속의 기억을 정리한다. 이성민은 한참 동안 기억과 씨름을 하며 전생에서 놓쳤던 '기회'에 대해 적어두었다.

'1년. 우선 1년 동안 제나비스에서 머물러야 해.'

전생에서의 이성민은 3년 동안 제나비스에서 머물렀다. 하지만 이번 생에서는 1년이면 될 것이다.

사실 1년도 필요 없다. 무골을 얻고 천진심법을 얻은 이상, 반년이면 제나비스를 졸업할 수 있을 정도의 힘을 키울 수 있을 것이다.

하지만 이성민은 1년 동안 제나비스에서 머물러야 할 이유가 있었다. 콜로세움 때문이다.

제나비스의 정중앙에 있는 콜로세움은 이곳에서 살아가는 주민들을 위한 유흥터이면서 이계인이 힘을 겨루는 장소였다.

콜로세움의 전투는 한 달을 주기로 열리고, 출전하는 것은 이계인이 대부분이다.

콜로세움에서 우승한다면 그만한 보상이 주어진다. 이성민이 노리는 것은 1년 뒤의 콜로세움이었다.

'1년 뒤, 콜로세움의 노 클래스 파이트에 성령단(星靈丹)이 우승 상품으로 걸린다.'

노 클래스 파이트. 참전이 가능한 것은 노 클래스뿐.

보통의 노 클래스 파이트는 자잘한 상품이 걸리는 것이 대부분이나, 1년 뒤의 콜로세움에서는 성령단이 상품으로 걸린다.

성령단은 내력 증진에 큰 도움을 주는 영약이다. 1년 동안 제나비스에 남아 있을 값어치는 충분히 된다.

'문제는 호락호락하지 않다는 것이지.'

노 클래스만 출전할 수 있다고는 하지만, 모든 노 클래스가 약한 것은 아니다.

이성민의 기억으로, 1년 뒤에 있을 콜로세움의 노 클래스 파이트에서 우승한 놈은 몇 년 동안이나 제나비스에서 살아온 나름대로의 베테랑이었다.

'기회는 한 번뿐이야. 1년 동안이나 제나비스에 머무르기로 작심한 이상 성령단은 반드시 얻어야 해.'

1년.

길면서도 짧은 시간이다.

전생에서…… 첫날을 어떻게 보냈더라?

돈도 없었고, 이 세계에서 어떻게 살아가야 할지도 몰라서 뒷골목에서 웅크려 쪽잠을 잤다.

배가 고팠지만 아무것도 먹지 않았었지.

이성민은 그 시절을 생각하면서 쓰게 웃었다.

'시작은 좋군. 전생이랑은 비교가 안 돼. 돈도 조금 있고 방도 있어. 잠 잘 침대도 있고…… 목욕도 할 수 있겠군.'

그러고 보니 배가 고프다. 아직 아무것도 안 먹었고 물도 안 마셨다. 목욕도 하고 싶었다. 손에 밴 피 냄새가 아직 채 안 빠졌다.

하지만 뒤로 미룬다. 이성민은 급히 가부좌를 틀고 앉아서 천진심법을 펼쳐 보았다. 처음부터 끝까지 읽는다. 이 과정에서 '암기'는 필요 없다. 한 글자, 한 글자 읽는 것만으로도 충분하다.

[천진심법을 정독하였습니다.]
[천진심법을 습득하시겠습니까?]

예.
이성민은 마음속으로 대답했다.
파아앗!
머릿속에서 환한 빛이 터져 나온다. 암기가 필요 없는 것은 이런 이유다.

무공서를 정독한다면 스킬로써 습득이 가능하다. 그것은 마법도 마찬가지다.

'마법…… 도 여유가 되면 익히고 싶기는 한데.'

전생의 이성민은 마법을 사용하지 않았다. 마법과 무공은 그 방향성이 완전히 다르면서 성장하는 것도 다르다.

무공은 익히면 익힐수록 성취가 올라가면서 위력이 강해진다. 하지만 마법은 아니다. '파이어 볼' 마법을 익혔다면 사용할 수 있는 것은 파이어 볼뿐이다. 그것은 육체를 강인하게 만드는 무공보다는 아무래도 범용성이 떨어진다.

다양한 마법을 익힌다면 모를 일이겠지만, 전생의 이성민은 다양한 마법을 접할 기회가 없었다. 마법 길드나 학파에 들어가는 것에는 막대한 돈이 필요했기 때문이고, 애초에 마법 길드와 학파는 폐쇄적이기 짝이 없었다.

사실 그것은 무공을 가르치는 문파도 마찬가지였다. 그들이 원하는 것은 기본적인 마법 능력과 무공을 익히고 있는 자들이었지, 아무것도 없는 노 클래스는 원하지 않았다.

학파와 길드, 문파는 기본적으로 상호교환을 바닥에 깔아둔다.

똑같이 무당파 출신이라고 해도 출신지가 다르다면 익힌 무공에는 차이가 있다. 그것은 마법도 마찬가지다. 그렇기에 그들을 받아들이면서 서로 가르침을 베푼다.

에리아에서 학파와 길드, 문파는 그런 식으로 서로의 것을 공유하고 있었다.

하지만 노 클래스는?

아무것도 없다. 교환해 줄 것이 아무것도 없단 말이다.

'어쩔 수 없지. 노 클래스인 나로서는 이런 식으로 스킬을

익혀야만 해.'

다행인 것은 '기억'만큼은 그대로 스킬로 활용이 된다는 것이다.

이성민은 눈을 감고서 기억을 더듬었다.

[일뢰주법(一雷走法)을 떠올렸습니다!]
[철피강골(鐵皮强骨)을 떠올렸습니다!]
[석파권장(石破拳掌)을 떠올렸습니다!]
[추혼창법(追魂槍法)을 떠올렸습니다!]

됐다.

한참 동안 기억을 더듬던 이성민은 만족스러운 표정을 지었다.

저 네 가지 무공은 전생에서 이성민이 사용했던 무공이다.

'기억에서 스킬을 추출하는 것⋯⋯. 시도해 본 것은 처음인데.'

이성민은 안도의 한숨을 내쉬었다. 기억에서 스킬의 추출이 가능하다는 것은 전생에서의 경험 덕에 알고 있었다.

기억에서 스킬의 추출이 불가능하다면 이계에서 온 무림인이나 마법사들이 자신의 무공과 마법을 스킬로 사용하거나 타인에게 전수하는 것이 불가능하다.

저 네 가지 무공은 전생을 기준으로 해서 이류 수준에 맴도는 무공이다.

일뢰주법은 몸을 가볍게 하여 **빠르게** 달리는 신법이고, 철피강골과 석파권장은 외공으로 몸을 단단하게 만들어준다. 추혼창법은 변화가 적어 우직한 창법이다.

전생에서 이성민이 사용한 것은 창과 권각술이었다.

창…….

이성민은 쓰게 웃었다. 창을 선택한 이유는 간단했다. 멀찍이서 쉭쉭 앞으로 내질러 상대를 찌르는 것이 안전해 보였기 때문이다.

권각술은 무기를 쓸 수 없는 상황이나 무기가 부러졌을 때 대응하기 위해서였다.

'그리 대단한 무공은 아니지만, 전생과 비교하자면 훨씬 형편이 나아. 그때에는 돌팔매질로 몬스터를 잡으려 들었었으니까.'

막상 돌을 던져 보니 잘 맞지 않았고 우연히 맞혔을 때도 곤욕을 치렀었다.

달려든 몬스터에게 겁을 먹고 꽁지가 **빠져라** 도망쳤었지.

이름: 이성민

직업: 노 클래스

스킬:

하급 무골

천진심법(1성)

일뢰주법(1성)

철피강골(1성)

석파권장(1성)

추혼창법(1성)

스킬창에 무공이 추가된 것을 확인하고서, 이성민은 몸을 일으켰다.

우선 식사를 하고, 씻는다. 그 뒤에는 천진심법을 조금 연마한 뒤에 잔다. 그리고 내일 아침이 되면 일찍 여관을 나서서 사냥터에 필요한 물품을 구입하고, 사냥터로 향한다.

이성민은 자기 주제를 잘 알고 있었다. 그는 뛰어난 재능을 가진 천재가 아니었고, 운이 좋은 것도 아니었다.

그나마 가지고 있는 전생에서의 경험도 그리 대단한 것은 아니다. 전생에서의 경험으로 기억하고 있는 기회라고 해봐야 굵직한 것들이었고, 자잘한 것까지는 기억하고 있지 않다.

그렇다고는 해도 전생에서 처음으로 제나비스에 왔을 때보다 지금은 압도적으로 상황이 좋은 것은 사실이다.

아침이 되자 이성민은 여관을 나섰다. 아직 이른 시간이라서 그런지 여관 주인은 나와 있지 않았다. 대신에 큼직한 바구니 안에 표면이 마른 빵이 가득 담겨 있었다.

이성민은 빵 몇 개를 그 자리에서 먹어 치웠다. 솔직히 맛대가리는 더럽게 없었지만 안 먹는 것보다는 나았다.

빵을 양껏 먹고서야 이성민은 여관을 나섰다.

여관을 나선 즉시, 이성민은 일뢰주법을 사용했다. 어젯밤 동안 천진심법을 운용하기는 하였지만 쌓인 내공은 그리 많지 않다.

"……후욱!"

5분 정도를 달리고 나니 내공이 바닥을 보인다. 이성민은 뛰는 것을 멈추고서 무릎에 양손을 딛고 숨을 몰아쉬었다.

지금 수준에서 일뢰주법을 지속할 수 있는 것은 5분. 속도를 조금 늦추고서 내공을 조절한다면 10분 정도는 달릴 수 있을까?

'불공평하다니까.'

전생에서 몇 번이나 느꼈던 그 기분이 다시 이성민의 마음을 무겁게 짓누른다.

노 클래스에 하급 무골, 그 둘의 상승효과를 조합해서 중급 무골에 준하는 성장력을 얻었다고는 해도…… 이 정도가 한계다.

그래, 아직까지는.

1년 동안 운기행공에 매진하고 몬스터 사냥에 공을 들인다면 당연히 개선이야 되겠지만…… 그래 봤자 얼마나 강해질까?

이성민은 잘 알고 있었다. 이곳, 에리아가 얼마나 부조리한 곳인지.

특히 그것은 시작의 도시, 제나비스에서 더욱 노골적으로 도드라진다.

전생.

이성민이 제나비스에 있었을 시절, 당시 제나비스를 휩쓸었던 슈퍼 루키는 무림 출신의 이계인이었다.

마교의 소교주.

대체 그 대단한 놈이 왜 이 세계로 소환되었는지는 모른다. 놈은 제나비스에 도착한 시점에서부터 절정을 아득히 뛰어넘는 무공을 보유하고 있었다.

내공의 심후함은 말할 것도 없었고, 소교주가 사용하던 천마신공은 소교주를 단숨에 제나비스의 슈퍼 루키로 만들었다.

전생에서의 이성민은 제나비스를 졸업하는 것에 3년이라는 시간이 걸렸으나, 마교의 소교주는 제나비스에 도착하고서 일주일 만에 제나비스를 졸업했다.

이성민은 소교주를 직접 본 적은 없었다. 하지만 에리아에서 살아가면서 그 소교주에 대한 소문은 몇 번이나 들어보았었다.

사실 에리아에 '마교 소교주'라는 과거를 가진 이계인은 한 명이 아니었지만.

소천마(小天魔) 위지호연.

그 별호와 이름은, 13년간 살았던 전생에서 몇 번이나 들었었다. 기억대로라면…… 앞으로 한 달 뒤, 소천마 위지호연이 제나비스에 소환된다.

"뭐, 관심 있는 물건이라도 있나?"

위지호연에 대한 생각은 접어두고서 시장 골목으로 들어왔다. 이른 시간이었지만 열린 가게는 많았고, 나와 있는 노점상은 많았다. 그중에 이성민이 관심을 가진 것은 바닥에 잡다한 무기를 깔아놓은 노점상이었다.

"이른 아침부터 부지런하구만. 네가 오늘의 첫 손님이다. 시작 서비스로 싸게 팔아줄 테니, 어떠냐?"

노점 주인이 히죽 웃으면서 말했다. 그 말에 이성민은 별다른 대답은 하지 않고서 노점에 깔린 장비들을 유심히 보았다.

"중고인가요?"

"그렇지. 새 물건도 있기는 해. 하지만 아무래도 중고가 싸긴 싸지."

노점상이 대답했다. 이성민은 슬쩍 손을 들어 올리면서 물었다.

"만져 봐도 되겠죠?"

"가지고 도망치지만 않는다면."

노점상이 호탕하게 웃었다. 이성민은 바닥에 털썩 주저앉고서 아무렇게나 널린 장비들을 향해 손을 뻗었다.

그중에 이성민이 들어 올린 것은 투박하게 생긴 투척용 단검이었다. 날은 잘 서 있었지만, 손잡이 부분에는 손때가 묻어 있었다.

"이계인이 사용하던 물건이야. 주인은…… 죽었지. 내가 바로 어제 고블린 둥지에서 수거해 온 물건이다."

죽은 이계인의 물건을 수거해서 판다. 흔한 일이었다. 이성민도 전생에서 다른 이계인의 시체를 뒤져 쓸 만한 물건을 챙겼던 적이 많았다.

"얼마입니까?"

"3천 에르로 해주지. 투척 단검이라는 것은 결국 소모품이니까 말이야. 뭐, 나로서는 그냥 주워 온 물건이기도 하고."

단검 하나에 3천 에르라면 그리 비싼 값은 아니다. 흥정이 가능할까. 이성민은 내리깔고 있던 눈을 올리고서 노점상을 바라보았다.

"2천 에르로는 안 될까요?"

"푸하하! 가격을 1/3이나 후려칠 셈이냐?"

"가진 돈이 많지 않아서……."

"꼬마야, 너 노 클래스지? 나이도 어려 보이고…… 그래서 뭐, 내가 널 동정해서 값을 싸게 해줬으면 싶은 거냐?"

"그렇다면 저야 고맙죠."

"요 뻔뻔한 놈!"

노점상이 다시 한번 크게 웃었다. 하지만 그렇게 말하는 것 치고는 기분이 그리 나빠 보이지는 않았다.

"나는 말이다. 자기 처지를 제대로 자각하고 있는 놈이 마음에 들어. 질질 짜대는 것보다는 살아남겠다고 발버둥 치는 놈이 좋단 말이다."

노점상이 웃는 얼굴로 말했다. 그는 이성민을 향해 활짝 손을 펼치더니, 손가락 세 개를 접어 보였다.

"2천 에르로 해주마. 그리고…… 그것과 같은 투척 단검은 세 개 있다. 세 개 다 구입한다면 5천 에르로 해주지."

"살게요."

노점상의 말에 이성민이 환하게 웃으면서 말했다. 품 안에서 지갑을 꺼내는 이성민을 보면서 노점상이 낄낄거리며 웃었다.

"너, 묘한 꼬마구나. 어린 나이랑 순진한 표정을 제대로 써먹을 줄 알아. 의식하는 거냐?"

"무슨 말인지 모르겠어요."

"뭐, 상관없지. 너는…… 단골이 될 것 같군. 다음에 온다면 어느 정도 네 처지에 맞춰서 값을 조정해 주마."

이것은 호의인가?

이성민은 '고맙습니다'라고 말하면서 머리를 꾸벅 숙이는 와중에 노점상의 속내를 생각해 보았다.

고정적인 단골손님을 만들어 두고 싶을 뿐인지, 아니면 정말로 호의를 품는 것인지 알 수가 없었다.

"저 창은 얼마인가요?"

진의를 떠나서 하나에 3천 에르라는 투척 단검 세 개를 5천 에르에 구입한 것은 마음에 들었다.

하지만 필요한 것은 투척 단검뿐만이 아니었다. 이성민은 한쪽 바닥에 덩그러니 놓여 있는 길쭉한 창을 가리켰다.

"3만 에르."

노점상이 대답했다. 이성민은 손을 뻗어 창대를 잡았다. 창대는 나무로 만들었고…… 끝에는 금속의 날이 달려 있다. 길이는 2미터가 넘는다.

지금의 이성민이 쓰기에는 너무 길다.

현재 이성민의 육체 나이는 14세로, 키는 160이 채 안 되었다. 전생처럼 성장한다면 20살이 되기 전에 키가 180까지는 자랄 것이다.

'지금 쓰기에 2미터는…… 너무 큰가…….'

근력도 부족하다. 아마 이 창을 써봤자 제대로 다루기는 힘들 것이다. 경험이 있다고는 해도 육체적 한계는 어쩔 수 없는 것이다. 내공이 넉넉하다면 근력도 늘어 창을 제대로 쓸 수 있겠지만 지금 이성민이 가진 내공은 그리 대단하지 않다.

하지만 길다면 자르면 되는 일.

"……싸게는 안 될까요?"

"네 체격으로는 제대로 다루지도 못할 텐데? 차라리 검을 쓰는 것이 어떠냐. 거, 뭐냐. 무림에서 온 이계인들이 곧잘 그러더군. 검이야말로 만병지왕(萬兵之王)이라고 말이다. 나는 잘 모르겠지만."

"검은 잘 쓸 줄 몰라서……."

"어쭈, 창은 쓸 줄 안다는 말이냐?"

"그냥 푹푹 찌르면 되잖아요."

적당히 둘러서 대답했을 뿐이다. 전생에서 창을 사용했었기에, 이성민은 창이라는 무기가 얼마나 까다롭고 심오한 무기인지 잘 알고 있었다.

"푸하하! 단순해서 좋군. 그래, 3만 에르가 비싸다면 2만 에르로 해주마."

노점상이 크게 웃으면서 말했다.

투척 단검 3개와 창 한 자루, 포션을 매달 수 있는 낡은 가죽 벨트 하나와 다섯 개의 빈 포션 병. 그 모든 것을 3만 에르에 구입했다. 파격적인 가격이었다. 죄다 죽은 이계인이 사용한 중고품이라고 하여도 당장 쓰는 것에는 무리가 없다. 특히나 포션 수납이 가능한 벨트는 앞으로도 요긴하게 사용이 가능할 것이다.

이성민은 허리에 감은 벨트의 길이를 조정하고서 꾸벅 머리를 숙였다.

"감사합니다."

"됐어. 말했잖아, 꼬마야. 앞으로 단골이 될 것 같다고. 독한 놈은 오래 살아남는 법이지."

그렇다면 좋을 텐데.

이성민은 진심으로 그렇게 생각하면서 쓰게 웃었다. 이 세상이 호락호락하지 않다는 것을, 이성민은 잘 알고 있었다.

내공의 부족은 절감하고 있다. 당장은 어찌할 수 없는 문제다. 성령단을 손에 넣는다면 상당 부분 개선이 가능하겠으나, 성령단이 콜로세움의 상품으로 걸리는 것은 1년 후다. 게다가 콜로세움에서 우승할 수 있으리라는 확신도 가지고 있지 않다.

여관에서 사냥터까지 향하는 것은 못해도 2시간.

될 수 있는 한 경공을 사용하고, 내공이 고갈되면 뛴다.

해야 할 것은 이 나약한 몸뚱이를 단련하는 것이다. 무공은 사용하면 사용할수록 성취가 는다. 근육과 똑같다.

북쪽 성문 쪽은 사람이 가득 몰려 있었다. 대부분이 이계인이었고, 혹은 이계인을 상대로 물건을 팔고 있는 장사치들이었다.

이성민이 이곳에서 물건을 구입하지 않은 이유는 간단했다. 저들은 과하게 바가지 씌운다. 사냥터와 가장 가깝다는 이유 때문에, 이계인들은 바가지라는 것을 알면서도 물건을 구입할 수밖에 없다.

"고블린 둥지에 함께 가실 분!"

"화산파에서 수학한 동포를 찾고 있소!"

"르에르 학파를 아는 자는 없는가?! 화염 마법에 능통한 마법사는 없는가!"

제각각 각자의 뜻을 담아 큰 소리로 외치고 있다.

함께 사냥터로 갈 동료를 찾는 이들도 있고, 자신과 같은 문파에서 수학한 무림인을 찾는 이들도 있다. 마찬가지로 같은 학파의 사람을 찾는 마법사들도 있다.

이성민은 그들에게 시선을 주지 않고서 빠르게 북쪽 성문을 향해 갔다.

전생에서 제나비스에 도착하고 처음으로 사냥터로 향했을 때, 이성민은 동료들과 함께였다.

좋은 결과는 나오지 않았다. 당시 이성민과 함께 사냥터로 향했던 이들은 모두가 똑같은 처지의 노 클래스였고, 몬스터와 싸운다는 현실과는 조금도 인연이 없는 사람들이었다.

사망자가 연거푸 발생했고, 이성민은 간신히 목숨을 건졌다. 그때 겪은 트라우마 때문에 이성민은 일주일 동안 사냥터 쪽으로 가지도 못했었다.

'동료…… 있으면 편하지만…….'

문제는 이곳이 제나비스고, 이성민이 동료로 만날 수 있는 사람은 고작해야 같은 처지의 노 클래스뿐이라는 것이다.

만약 그들과 함께 사냥터로 향한다면 이성민은 그들을 보호하는 입장이 되어야 한다. 그것은 이성민에게 있어서는 굉장히 힘든 일이었다. 전생의 기억과 무공이 있다고는 하여도 이성민이 보유한 무공은 모두 다 1성. 솔직히 말해서 지금 처지로는 제 앞가림만 하는 것이 고작이란 말이다.

무림인이나 마법사들의 동료가 되는 것은 어떨까?

그런 생각을 하지 않았던 것은 아니나, 솔직히 가망이 없었다. 수준이 떨어지기 때문이다. 한 사람 몫을 하지 못하는데, 그들이 굳이 이성민을 동료로 받아줄 리가 만무했다.

"이름은?"

북쪽 성문의 경비원이 이성민을 위아래로 훑어보면서 물었다.

"이성민입니다."

"증명패는 가지고 있나?"

"아직……."

"뭐, 좋아. 이 도시에서는 그런 것이 있든 말든 크게 중요하지는 않으니까…… 후후! 죽지 마라, 꼬마야."

경비원의 이죽거리는 말을 흘려들으면서 이성민은 성문을 나섰다.

거대한 숲이 보였다. 숲에는 다양한 몬스터가 살아가고 있다. 대화가 불가능한 몬스터도 있고, 어느 정도 대화가 가능한 몬스터도 있다.

사냥으로서의 어려움을 따지자면 전자가 훨씬 쉽다. 지성이 없는 만큼 놈들은 본성에 의존하면서, 무식하고 단순하다. 거대한 토끼, 멧돼지 등등. 아, 물론 놈들이 '진짜' 토끼고 멧돼지인 것은 아니다. 어디까지나 '그렇게 생겼다'는 말이다.

사냥 자체는 그런 짐승형 몬스터가 쉽지만 얻을 수 있는 이득을 생각한다면 지성을 가진 몬스터 쪽이 좋다. 고블린, 오크 등, 상대하는 것이 까다롭기는 해도 놈들을 쓰러뜨린다면 잡다한 부가 수익을 건질 수 있기 때문이다.

고블린, 오크의 이빨과 피는 마법적인 재료로서 쓰인다. 놈들의 조악한 장비들은 대장간에 팔아넘긴다면 용돈 정도는 벌 수 있다.

운이 좋은 경우, 돈을 가지고 있는 몬스터와 만날 수도 있다. 놈들이 가진 돈이라고 해봐야 그들에게 죽은 희생자에게서 빼앗은 것이겠지만 말이다.

우선 준비를 해야 한다. 이성민은 어깨에 걸치고 있던 창을 양손으로 잡고서 자리에 주저앉았다. 그러고는 허리 뒤쪽에 차고 있던 단검을 뽑았다. 투척용으로 구입한 것이 아닌, 어제 이성민을 등쳐 먹으려 했던 놈을 죽이면서 얻은 단검이다.

이성민은 2미터가 넘는 창대를 자신의 키에 맞게 잘랐다. 단검으로 단단한 창대를 자르는 것은 쉬운 일이 아니긴 했지만, 단검으로 톱질을 해대니 잘리기는 잘렸다. 절단면이 거칠기는 했지만 크게 문제 되지는 않는다.

이성민은 자른 창대를 등에 둘러메고서 창을 잡고 몸을 일으켰다.

단검 한 자루, 투척 단검 세 자루, 창 한 자루, 그리고 곤봉 한 자루.

전생에서 처음으로 사냥터에 나섰을 때와 비교하자면 압도적으로 좋은 장비다. 방어구가 부족하다는 것이 흠이긴 하였지만, 가진 돈이 없으니 어쩔 수 없다.

'전생에서는 몽둥이 하나 들고 나왔었지…….'

세 명의 노 클래스와 동료가 되었고, 그들과 함께 사냥터로 향했었다. 그때를 떠올리면서 이성민은 쓰게 웃었다. 좋은 기억은 아니었기 때문이다.

우선 토끼를 잡아보자.

이성민은 양손으로 창을 잡고서 신중하게 움직이기 시작했다.

처음부터 고블린이나 오크에게 싸움을 걸 생각은 없다. 오크는 인간보다 강인하고, 고블린은 인간보다 약하기는 하지만 독침을 쏘고 무리를 짓는 등 까다롭다.

지성 쪽으로 보자면 오크보다 고블린이 낫다. 하지만 토끼는 여러모로 쉬운 상대였다. 몸집이 비대하기는 하여도 그래봤자 중형견 정도의 사이즈. 공격법이라고 해봐야 몸통박치기를 하거나 앞니로 물어뜯는 정도다. 긴장하지 않는다면 노클래스도 몽둥이 하나로 때려잡을 수 있는 것이 토끼라는 놈이다.

얼마 걷지 않아 수풀이 바스락거리더니 회백색의 털을 가진 토끼가 튀어나왔다. 중형견보다는 조금 사이즈가 작다. 다 큰 놈이 아니라 어린 놈이다. 현재의 상태를 확인해 보기에는 최적의 상대였다.

토끼가 빨간 눈을 데룩 굴리더니 이성민을 본다. 놈들은 선공을 하지는 않는다. 먼저 건드리지 않는다면 주변의 풀을 뜯고 몇 번 뛰어다니다가 사라질 것이다.

그것이 이성민을 과감하게 만들었다. 이성민은 빠르게 내공을 끌어올리면서 일뢰주법을 펼쳤다.

일뢰주법은 경신법이면서 보법이기도 하다. 경신법의 기본은 발바닥에서 내공을 내뿜으면서 몸을 가볍게 하는 것이다.

이성민의 몸이 앞으로 튀어 나갔다. 14살의 움직임이라고는 생각할 수 없을 정도로 빠르다. 몸 전체를 가속시키면서 이성민은 창을 앞으로 내질렀다.

추혼창법 일식(一式), 일격일살(一擊一殺).

이성민의 왼손이 창대를 받친다. 포신(砲身)이다.

앞으로 쏘아낸 창이 포신 역할을 하는 왼 손바닥 위를 미끄러진다. 창이 충분히 앞으로 나아갔을 때, 이성민의 오른손이 창의 끄트머리를 팍하고 치면서 밀어냈다.

퍼어어억!

창끝에 꿰뚫린 토끼의 머리가 터져 나간다.

일격일살은 가속이 전부인 창술이다. 가장 먼저 몸을 가속시킨다. 창을 받친 왼손은 포신의 역할을 하고, 창은 포탄이 된다. 오른손은 공이치기 못의 역할을 한다.

일직선으로 쏘아내는 것이 전부인 만큼 변화를 넣는 것은 불가능하다. 밀어 전진하는 것이 전부이기에 단단한 상대에게는 통하지 않는다. 하지만 토끼를 상대로는 충분했다.

'손바닥이 쓰려……!'

이성민은 미간을 찡그리면서 왼손을 내려 보았다. 창대가 쭉 하고 쓸어낸 탓에 손바닥이 붉게 달아올라 화끈거리고 있었다.

오른손 역시 마찬가지다. 거친 절단면을 때리면서 밀어낸 탓에 손바닥이 욱신거린다.

"일단 굳은살부터 박아 넣어야겠어."

14살의 피부는 너무 여리고 약하다. 이성민은 투덜거리면서 화끈거리는 손을 툭툭 털었다.

토끼에게서 얻을 수 있는 것은 많지 않다. 애초에 지금의 이성민은 '인벤토리'를 가지고 있지 않다.

아공간 마법이 걸린 인벤토리는 제나비스에서도 팔고 있지만, 지금의 이성민은 꿈에도 꿀 수 없을 정도로 고가에 거래된다.

그렇다고 가방이 있는 것도 아니니 오늘은 목표했던 대로 적당히 고블린 몇 마리를 잡는 것에 주력하기로 했다.

물론, 적응이 다 된 후에 말이다. 이성민은 숲을 돌아다니면서 혼자 다니는 토끼 몇 마리를 사냥했다.

그 과정에서 이성민은 여러 가지를 확인했다. 지금의 내공 수준으로는 이류 무공인 추혼창법조차 제대로 펼칠 수가 없고, 장기전은 꿈에도 못 꾼다. 게다가 몸뚱이도 나약해서 창 몇 번 휘두른 것만으로도 지쳐 버린다.

'근력이 너무 부족해. 지구력도 그렇고……. 기껏 처음으로 돌아왔는데 전생을 그리워하게 되다니.'

이성민은 투덜거리면서 옷깃을 찢어 손바닥을 칭칭 휘감았다. 무리해서 창법을 펼친 덕에 손아귀가 찢어져 피가 흐르고 있었다.

배가 고프고 목이 마르다.

고작 이 정도 움직인 것으로 지쳐 버리다니!

이성민은 제 처지를 실감하면서 한숨을 푹 내쉬었다. 하지만 물도 없고 식량도 없다. 가방이라도 있었으면 아침에 여관을 나서면서 빵이라도 몇 개 챙겨두었을 텐데. 가방도 없다.

이성민은 한숨을 푹푹 내쉬었다. 그는 걸으면서 천진심법을 운용했다. 제대로 가부좌를 틀고서 운기조식을 하는 것보다는 못 하지만, 몸을 격하게 움직이지 않고 얌전히 걷기만 하고 있으니 내공이 조금씩 차오른다.

숲속 깊은 곳에 들어갈수록 고블린, 오크의 둥지와 가까워진다. 지금 상태로 둥지로 향하는 것은 자살행위라는 것을 잘 알고 있기 때문에 이성민은 깊은 숲까지 들어갈 생각은 없었다.

기억을 더듬어 보았지만 이 넓은 숲의 지도까지는 기억나지 않는다.

하지만 드문드문 떠오르는 기억은 있어서, 이성민은 그것에 의존했다.

이성민은 바닥과 나무를 살피면서 걸었다. 이성민의 어깨 높이보다 조금 아래에, 둥그런 원이 그려져 있는 나무를 발견했다.

고블린의 영역 표시다.

고블린이라고 뭉뚱그려서 말하고는 있지만, 이 숲의 고블린이 모두 한 부족인 것은 아니다. 놈들은 무리를 짓지만, 보통 고블린 한 부락의 인구수는 50마리 정도다. 놈들은 다른 고블린 부락과 경쟁하면서 이 숲에서 살아가고 있다.

이 근방은…… 동그란 원으로 영역 표시를 하는 고블린 부락의 영역이다.

이성민은 주변 나무를 살피면서 이 근처에 표시된 것은 동그란 원뿐이라는 것을 알아냈다.

그 이후에는 영역의 최대한 끄트머리까지 이동한 뒤에, 옷소매를 조금 더 찢었다.

왼쪽 팔뚝 윗부분을 살짝 베어냈다. 너무 깊이 베지는 않았다. 피가 조금씩 흘러내리자 이성민은 찢어낸 옷깃에 피를 잔뜩 묻히고서 한쪽 수풀에 던져두었다.

그 뒤에는 창을 내려놓고서 땅 위에 데굴데굴 굴렀다. 머리가 핑핑 돌 정도로 한참을 구르자 이성민의 몸은 흙투성이가 되었다.

그 뒤에는 피에 젖은 옷감을 던져둔 곳 근처에 오줌을 쌌다. 바짓단이 젖지 않도록 양발을 크게 벌려 비틀비틀 걸으면서 주변에 오줌을 싼다.

이걸로 되었다.

이성민은 다시 옷깃을 찢어 상처를 단단히 동여매고서는, 가까운 나무를 오르기 시작했다. 어린 몸뚱이의 근력으론 나무를 오르는 것도 쉬운 일이 아니어서 내공의 도움까지 받아야 했다.

굵직한 나뭇가지에 매달려서 이성민은 천천히 호흡을 골랐다. 이제는 기다리면 된다.

영역 다툼 중인 고블린들은 비교적 자주 영역을 순찰한다. 영역에 들어온 먹잇감을 탐색하기 위함도 있고, 다른 부락의 고블린이 들어오지 않았나를 경계하기 위해서다.

나뭇가지 위에서 버틴 지 30분 정도 되었을까. 경계를 도는 고블린들이 모습을 드러냈다.

3마리, 무기는 단검.

허리춤에 기다란 막대기를 달고 있다. 독침이다.

고블린의 신체 능력은 별것 없다. 놈들이 까다로운 것은 무리를 짓기 때문이고, 교활하기 때문이며, 독을 능숙하게 다루기 때문이다.

놈들이 다루는 독은 상대를 죽이는 것이 아닌 신체의 자유를 빼앗는 마비 독이다.

 지금의 이성민이 혼자서 세 마리의 고블린을 상대하는 것은 여러모로 위험성이 많았기에 이성민은 정면 공격은 피할 생각이었다.

 고블린들이 냄새를 맡는다. 오줌 냄새, 피 냄새, 인간의 냄새.

 놈들은 코를 킁킁거리면서 이성민이 오줌을 싸 갈긴 곳까지 다가왔다. 이성민이 위치한 곳에서는 놈들의 정수리가 훤히 보인다.

 이성민은 벨트에 꽂아 넣은 투척 단검을 뽑았다. 호흡을 몇 번 고른 뒤에 이성민은 내공을 끌어올렸다.

 파악!

 빠르게 던진 단검이 아래로 내리꽂힌다.

 "퀘엑!"

 머리를 갸웃거리고 있던 고블린의 뒷목에 단검이 꽂힌다. 그것을 확인한 즉시 이성민은 연거푸 단검을 던졌다.

 위에서 아래로.

 궤적의 흐트러짐 없이 떨어진 단검이 남은 고블린 두 마리의 목을 마저 꿰뚫었다.

 이성민은 나뭇가지 위에서 뛰어내렸다. 제법 높기는 했지만, 내공으로 다리를 보호하니 뛰어내릴 만했다.

이성민은 허리 뒤의 단검을 뽑았다. 그러고는 비틀거리는 고블린들을 향해 단검을 휘둘렀다.

세 마리의 고블린이 죽었다. 이성민은 호흡을 고르고서 놈들의 뒷목에 꽂힌 단검을 뽑아냈다. 그 후에는 고블린의 사체를 뒤진다.

놈들이 가지고 있던 단검에는 피가 듬뿍 묻어 있었다. 굳은 지 얼마 되지 않은 것으로 보아, 이곳에 오기 전에 영역을 돌아다니던 무언가를 잡아 죽인 모양이었다.

아마…… 노 클래스겠지.

이성민은 쓰게 웃으면서 놈들의 단검을 챙겼다.

단 검 세 자루와 독침을 쏘아내는 대롱 세 개, 독침 서른 개, 그 외에도 독병 세 개.

운이 좋았다. 놈들은 지갑을 가지고 있었다. 죽인 노 클래스에게 빼앗은 것이리라.

지갑에는 2만 에르가 들어 있었다. 이성민은 고블린들이 가지고 있는 물건은 모두 챙긴 뒤에, 단검을 써서 놈들의 목을 주욱 찢었다.

다섯 개의 포션 병에 고블린의 피를 가득 채웠고 놈들의 입을 벌려 이빨도 하나하나 뽑아냈다.

가방이 없기 때문에 뽑은 이빨은 주머니에 죄다 쑤셔 넣었다.

이것으로 오늘의 사냥은 끝이다.

"……허허허!"

여관 주인, 잭은 어이가 없어서 웃음을 터뜨렸다. 그는 이성민의 얼굴을 한 번 보고, 이성민이 내놓은 물건들을 보면서 다시 헛웃음을 흘렸다.

"이걸 정말로 너 혼자서 다 모아왔다는 거냐?"

고블린 세 마리분의 이빨, 피를 가득 담은 다섯 개의 병, 대롱 두 개와 독침 열 개, 독병 한 개.

남은 대롱과 독침, 독병은 이성민이 갖도록 했다. 이래저래 쓸 일이 많을 것이라 생각했기 때문이다.

잭은 이성민을 내려 보면서 복잡한 생각에 빠졌다.

고블린은 그리 강한 몬스터가 아니다. 무리를 짓고 독을 쓴다는 것이 귀찮기는 하지만, 숙련된 모험가라면 고블린 몇 마리쯤은 우습게 잡아 죽일 수 있다.

몇십 마리의 고블린이 우글거리는 둥지로 들어가는 것은 위험하기 짝이 없는 일이지만, 영역 순찰을 도는 고블린을 몇 마리 족치는 것은 쉬운 일이란 말이다.

하지만, 그것을 해낸 것이 14살의 꼬마. 그것도 아무 능력도 가지고 있지 않은 노 클래스라는 것이 잭을 놀라게 했다.

잭은 여관업을 하고 있기에, 이 도시에 처음으로 도착하는 이계인을 몇 번이나 보아왔다.

능력을 가지고 있는 무림인, 마법사 등은 비교적 빠르게 이 세계에 적응한다. 하지만 노 클래스는 아니다. 그들은 이런 식의 싸움이라는 것을 제대로 겪어본 적도 없거니와, 이 세계에서 목숨을 부지하게 해줄 재주도 가지고 있지 않다.

보통…… 노 클래스가 이 세계에 적응하는 기간은 한 달 정도다.

자신의 처지를 이해하고, 이전 세상에 대한 미련을 버리고, 이 세계에서 살아가기 위해 몬스터를 아무렇지 않게 죽이게끔 되는 것에 한 달이라는 시간이 걸린다.

"너…… 이 도시에 언제 처음 온 거냐?"

"어제요."

잭의 질문에 이성민은 거짓 없이 대답했다. 그 대답에 잭은 기가 질려서 다시 한번 웃음을 흘렸다.

"나이는 열넷이고?"

"네."

"뭐 따로…… 익힌 것은 없고?"

"……그렇죠."

"허허허!"

이성민의 대답을 듣고서 잭이 다시 웃는다. 잭은 이성민이 대체 무엇을 하다가 온 꼬마인 것인지 궁금증이 동했지만, 그것을 굳이 묻지는 않았다.

이전 세계에 대한 질문을 하지 않는 것. 그것은 일종의 불문율이었다.

"값은…… 제대로 쳐주마. 허허, 묘한 꼬마가 들어왔어. 노 클래스가 하루 만에 이 세계에 적응하고 몬스터를 잡아 오다니……."

솔직히 잭은 이성민이 살아 돌아오지 못할 것이라고 생각했다.

가끔 저런 놈이 있었다. 비교적 빠르게 자신의 처지를 자각하고, 어떻게든 살아가기 위해서 사냥터로 뛰쳐나가는 놈들이.

보통 그런 놈들은 돌아오지 못한다. 처지를 자각하였다고 해도 몬스터와 싸워 살아남는 것은 별개의 일이기 때문이다. 그런데 이 꼬마는 살아서 돌아왔다.

"숙박비는 반으로 줄여주마."

공짜는 안 된다. 그것은 잭의 신념과도 같았다.

"재능을 가진 꼬마와 인연을 만들어 두는 것도 좋겠지. 만약 네가 쭉 살아남는다면…… 하하! 제나비스까지 소문이 들려올 거물이 될지도 모르니까. 그래, 그때에는 나에게 얻은 은

혜는 잊지 마라."

잭이 호탕하게 웃으면서 이성민의 어깨를 두드렸다. 이성민은 마주 웃어주면서 자신의 방으로 올라왔다.

계단을 오르면서 이성민은 많은 생각을 했다.

너는 단골이 될 것 같구나.
재능을 가진 꼬마.

노점상과 잭이 한 말이다. 전생에서의 이성민은 저런 말을 들어본 적이 많지 않았다. 특히, 이 도시. 제나비스에서는 단 한 번도 저런 말을 들어본 적이 없었고, 저런 평가를 받은 적이 없었다.

제나비스는 모든 이계인이 처음으로 도착하게 되는 도시인 만큼 이 세계가 얼마나 불공평한지를 확실하게 자각시킨다.

그것은 당장 잭이나 노점상이 이성민을 대한 태도만 보아도 알 수 있었다.

재능.

그것을 가지고 있다는 것만으로도, 이리도 쉽게 호의를 얻을 수 있다.

'재능이라니. 인연도 없던 것을.'

이성민은 한숨을 내쉬면서 방으로 들어왔다. 에리아에서

살았던 13년의 삶은, 이성민이 자신의 주제를 깨닫게 하기에는 충분한 시간이었다.

10년 가까이 익혔던 심법은 대성하지도 못했고, 발품을 팔아 익혔던 이류 무공들도 마찬가지다. 한 번 거쳤던 경지이니 전생에서의 실력까지는 빠르게 도달할 수 있을 것이다.

그것이 가능한 것은, 이성민이 전생에 익혔던 무공들이 '깨달음' 같은 것과는 조금도 인연이 없는 무공이었기 때문이다.

단순한 숙련도만으로 경지가 오르는 것이 이류 무공이다.

추혼창법은 철저하게 형(形)만을 담은 무공이다. 기묘한 초식도 없고, 있어 보이는 심득(心得) 따위도 담겨 있지 않다.

일뢰주법도, 철피강골도, 석파권장도 마찬가지다.

경신법이자 보법인 일뢰주법은 경신법으로서의 기본만을 담은 무공이고, 철피강골과 석파권장은 외공(外功)이다. 내공의 도움을 받기는 하지만 저것들에도 심득 같은 것은 담겨 있지 않다.

그것이 이류 무공과 일류 무공을 나누는 차이다.

일류 무공에는 심득을 담는다. 운이 좋다면 심득을 깨치고서 일류의 벽을 넘는 것이 가능하다.

하지만 이류 무공은 아니다. 심득 같은 것 없이 철저하게 형만을 담은 무공이기에 아무리 익혀봤자 가진 무공에서 깨치는 것은 없다. 잘해봐야 일류 수준에 근접하게 될 뿐이다.

'지금은 몸이 너무 약해. 근력도 부족하고, 지구력도 부족해. 체력이 붙는다면…… 천진심법을 제외한 다른 무공의 경지가 빠르게 오르겠지. 하지만 매달려 봐야 결국은 이류 무공이야…….'

그것이 이성민을 우울하게 만든다. 이류 무공의 한계를 깨기 위해서는 무공이 가진 한계를 초월하게끔 만드는 재능이 필요하다.

하지만 이성민에게는 그런 재능이 없다. 그는 무에서 유를 창조할 수 있는 대종사(大宗師)의 자질을 가지고 있지 않았기에, 타인이 심득을 담아 만든 무공에 의존할 수밖에 없다.

그나마 희망이 있는 것은 천진심법이다. 이것은 일류의 내공심법이다. 매진한다면…… 어쩌면 성과를 거둘 수 있을지도 모른다.

심법은 내공의 절대량을 늘리면서 내공의 운용을 능하게 만든다. 천진심법을 수련하여 성과를 거둔다면 다룰 수 있는 내공이 크게 늘어나고 내공의 운용이 쉬워질 것이다.

하지만 심법은 결국 심법일 뿐. 한계는 명확하다.

'기회는 있어. 하지만…… 아직 멀군. 우선 성령단을 얻어야 해.'

이성민은 흙투성이의 옷을 방구석에 던져두고서 숨을 크게 삼켰다. 몸이 조금 뻐근하기는 했지만 이성민은 개의치 않고서 바닥에 엎드렸다. 우선 매일 팔굽혀펴기를 하기로 했다.

 잭의 여관에서 투숙하게 되고서, 이성민은 매일매일 사냥터로 향했다.

 가는 길에 내공이 허락하는 한 일뢰주법을 사용했고, 필요한 물건은 호의를 보였던 노점상 한스에게서 구입했으며, 잭이 처분하지 않는 전리품은 그를 통해서 처분했다.

 사냥터로 향하는 이성민이 주로 노리는 것은 대부분 고블린이었다.

 이성민은 몇 번이나 숲을 드나들면서 고블린 부족의 영역을 파악했고, 그 영역 외곽을 돌면서 순찰을 도는 고블린을 사냥했다.

 피와 이빨은 계속해서 모았다. 방값이 절반으로 줄어든 덕에, 이성민이 잭에게 가져다주는 피와 이빨은 방값을 지불하고도 남게 되었다.

 잭은 약간의 수수료를 받기로 하고서 남은 돈은 이성민에게 전해주었다.

"아공간 포켓 있어요?"

이성민이 제나비스로 돌아오고서 2주가 되었을 때.

이성민은 한스의 노점상을 찾아가서 물었다. 아침 공기에 몸을 부르르 떨던 한스는 크게 하품을 한 번 하더니 이성민을 보았다.

"있기야 있지."

아공간 포켓은 사냥터를 떠도는 이계인들이나 모험가들에게는 필수적인 물건이다.

공간 왜곡 마법이 걸린 그 포켓은 적은 부피로도 많은 물건을 담을 수 있다.

"그래 봤자 내가 가지고 있는 것은 중고에, 걸려 있는 왜곡 마법도 그리 대단하지는 않아. 어디 보자……."

한스는 다리 사이에 두고 있던 큼직한 보따리를 열었다. 보따리의 안에는 시커먼 어둠이 가득했다. 이성민은 저 보따리가 아공간 포켓이라는 것을 알아차렸다.

한스의 손이 보따리 안으로 쑥 들어갔다. 잠깐 안을 뒤적거리던 한스가 주먹만 한 포켓을 꺼냈다.

"중고품이다. 제나비스에서 좀 떨어진 숲을 지나던 중에 주웠지. 시체한테서 말이야. 안에는 대충, 큰 가방 하나 정도의 용량이 들어간다. 살 테냐?"

"얼마인가요?"

"60만 에르."

한스가 히죽 웃으면서 말했다. 아공간 포켓은 그 편리함만큼이나 비싼 값에 거래된다.

공간 왜곡 마법으로 물건을 담아내는지라 무게도 거의 느껴지지 않고, 아공간 안에서는 시간이 흐르지 않기 때문에 식량을 보관하는 것도 가능하다. 이런저런 전리품을 많이 챙기는 모험가로서는 필수인 아이템이다.

"비싸네요."

"흥정하고 싶냐? 50만 에르까지는 깎아주지."

한스가 호탕하게 웃으면서 말했다. 하지만 이성민은 머리를 가로저었다.

현재 이성민의 전 재산은 10만 에르가 채 안 된다.

숲을 돌면서 팔 만한 것은 죄다 긁어다가 한스나 잭에게 처분하고 있었지만, 숙박비나 필요한 물건들을 구입하다 보니 돈이 잘 모이지 않았다.

"다음에 살게요. 진짜 돈이 없거든요."

"흥정할 생각이…… 아닌 모양이군. 왜 물어본 거냐?"

"저로서는 아저씨가 물건을 가장 싸게 팔아주는 사람이니까요."

아공간 포켓은 필요하다. 하지만 아직은 구입할 여력이 안 된다. 그러니, 한스가 아공간 포켓을 얼마에 파는 것인지 알아두고 싶었다.

한스는 이성민의 말에 뒤통수라도 한 대 얻어맞은 표정이었다.

"……푸하하! 노점상 일은 몇 년이나 했지만, 이런 믿음을 받는 것은 처음이군. 좋아, 그러면 이렇게 하자. 너를 시험해 보도록 하마."

"……예?"

갑작스러운 한스의 말에 이성민의 눈이 동그랗게 떠졌다. 한스는 끅끅거리면서 웃더니 말을 계속했다.

"오크 다섯 마리를 죽여서 놈들의 눈을 뽑아 와라. 네가 성공한다면 이 아공간 포켓을 주지."

그 말에 이성민은 꿀꺽 침을 삼켰다. 제나비스로 돌아오고서 2주가 흘렀지만, 이성민은 아직까지 오크 사냥에는 도전하지 않았다.

오크는 고블린보다 상대가 까다롭다. 놈들은 호전적이면서 강인한 육체를 가지고 있다.

고블린보다는 지능이 조금 떨어지기는 하지만, 오크는 그 부족한 지능을 무시할 정도의 강인함을 가지고 있다.

"……언제까지?"

"오늘 안에."

한스가 짓궂은 표정을 지으면서 말했다.

"네가 제나비스에 온 지 2주가 되었지? 오자마자 바로 다음

날부터 사냥터로 향했고, 지금까지 살아남았다면…… 너는 꽤 재능이 있는 거야. 상대가 비록 토끼나 고블린이었다고는 해도 말이다. ……네가 오크까지 죽인다면 나는 네가 가진 재능이 진짜라고 믿으마."

사실 재능은 아닌데. 그냥 경험일 뿐이지.

이성민은 마음속으로 그런 생각을 하기는 했지만 그를 크게 내색하지는 않았다.

"알겠습니다. 받아들이죠."

이성민이 머리를 크게 끄덕거렸다.

2장
사냥과 전리품

 숲의 초입에 도착한 이성민은 등에 메고 있던 큼직한 가방을 열었다. 여관 주인인 잭의 호의를 받게 되면서 공짜로 받은 가방이다. 공간 왜곡 마법 같은 것은 걸려 있지 않은 평범한 가방이었지만 그 안에는 필요한 물건들이 알차게 들어 있었다.

 '설마 벌써 오크랑 싸우게 될 줄은 몰랐지만.'

 어느 정도 몸이 성장하고 근육이 붙을 때까지 무리하지는 않을 생각이었다.

 아직 이성민의 육체는 14살이었고, 내공은 부족하고, 근력도 충분히 발달하지 않았다.

 하지만 손바닥에 굳은살은 붙었다.

 근력 운동을 2주일 했다고 쓸 만한 근육이 생기지는 않았지만, 추혼창법을 어느 정도 감당할 수 있을 만큼은 붙었다.

천진심법 2성, 추혼창법 4성, 일뢰주법 2성, 철피강골 2성, 석파권장 2성.

현재 이성민의 무공 성취였다. 이류 무공인 추혼창법은 전생에서의 경험을 토대로 빠르게 성장을 거두었지만, 내력도 근력도 부족한 탓에 본래 위력도 발휘하지 못한다.

아직 몸이 연약한 탓에 외공인 철피강골과 석파권장은 거의 성취가 오르지 않았고, 내공의 부족으로 일뢰주법도 제대로 수행하지 못했다.

아직 준비가 덜 되었다. 못해도 반년은 수행하고서 오크와 싸워볼 생각이었다.

이성민은 이미 한 번 죽어보았기 때문에, 죽음이라는 것이 얼마나 갑작스럽고 어이없고 허무하게 찾아오는지 잘 알고 있었다.

한 번 죽어보았기 때문에 안다. 또 죽고 싶지는 않다.

그래서 충분히, 서두르지 않고 준비할 생각이었다. 오크에게 죽는다면 허무하기 짝이 없을 테니까.

'그래도. 아공간 포켓을 공짜로 얻을 수 있는 기회야.'

60만 에르짜리의 아공간 포켓은 이성민으로서는 포기하기 힘든 물건이었다.

'안에 담은 물건이 부서질 걱정도 하지 않아도 될 테고.'

이성민은 가방 안에 넣어두었던 유리병을 꺼냈다. 그것을 몇 번 흔든 뒤에 병의 입구를 막고 있던 마개를 열었다.

시큼한 냄새가 올라온다. 고블린들이 사용하는 독을 베이스로 해서, 이성민이 전생의 경험을 토대로 이 숲에서 구할 수 있는 독초를 통해 개량한 독이다.

상대를 마비시키는 것은 똑같다. 다만 그 지속력과 즉각적인 효력이 다르다. 체내로 침투한다면 이 마비 독은 5분도 되지 않아 전신을 마비시킬 수 있다.

'오크에게도 먹혀.'

이성민은 전생의 경험을 통해 그를 잘 알고 있었다. 이래저래 힘이 부족한 시절에는 이런 식의 꼼수라도 쓰면서 살아남아야 했다.

이성민은 독에 대해 조금이라도 배워둔 것을 다행이라고 생각하며 자신의 무기에 독을 바르기 시작했다.

투척 단검 다섯 자루, 단검 한 자루, 창 한 자루. 날 전체에 꼼꼼히 독을 바른다.

이것으로 대략적인 준비는 끝났다. 이성민은 각오를 다지고서 몸을 일으켰다.

오크의 영역은 이미 파악해 두었다. 2주 동안 고블린과 토끼, 멧돼지 따위를 열심히 잡기만 한 것은 아니다. 정보는 피가 되고 살이 된다.

'놈들의 순찰 경로는 파악하고 있지만, 그래도 조심해야 돼.'

오크 다섯 마리. 지금의 이성민에게는 결코 쉬운 상대가 아니다.

차라리 동료를 영입하여 힘을 합치는 편이 낫지 않을까?

그런 생각을 하지 않았던 것은 아니다.

'동료를 구한다면 보상을 나눠야 돼.'

한스가 아공간 포켓이라는 보상에 대해 입을 다물어줄 것이라는 보장은 없다.

동료와 힘을 합쳐서 오크 다섯 마리를 잡는 것도 가능한 일이겠지만, 만약 그렇게 된다면 이성민이 개인적으로 받은 아공간 포켓이라는 보상에 대해 놈들이 지랄할지도 모르는 일이다.

이 숲만 하더라도 하루에 몇십, 몇백 명이나 되는 이계인이 드나든다. 숲 안으로 들어온 이계인들은 어지간해서는 서로 마주치지 않으려고 든다. 불신(不信) 때문이다.

이성민도 그랬다.

인연?

좋은 말이다. 하지만 이쪽이 인연이라고 생각한다고 해서 상대방 또한 그렇게 생각하리라는 보장은 없다. 이쪽이 상대방에게 호의를 준다고 해서 그 호의가 그대로 돌아올 것이라는 보장도 없단 말이다.

믿어서는 안 된다. 특히나, 힘이 없는 지금 같은 때에는.

"취익!"

오크가 걷는다. 놈들의 장비는 조악하기 짝이 없다. 이 빠진 손도끼를 들고 있었다. 갑옷은 걸치지 않았다. 누더기 같은 천으로 몸을 대충 감고 있을 뿐이다.

다른 지역의 오크 중에는 그럴싸한 장비를 걸친 놈들도 있기는 하지만, 제나비스의 오크는 그 정도로 단련되지 않았다.

그래 봤자 고블린 따위랑 경쟁하고 있는 놈들이다. 지성도 크게 떨어지고 육체적인 강인함밖에 없는 놈들이다.

그럼에도 위험하다. 놈들은 지성이 떨어지는 만큼 본능적이고, 감각이 고블린보다 예민하며, 고블린보다 강하다.

이성민은 고블린을 홀렸을 때처럼 적당한 매복처에 체취를 듬뿍 뿌려두었다. 하지만 상처를 만들지는 않았다. 놈들의 후각은 고블린보다 뛰어나다. 괜히 상처를 만들었다가는 놈들이 피 냄새를 맡고 이성민을 발견할지도 모른다.

기습.

이성민은 그것을 선택했다.

시간적인 여유가 있다면 함정이라도 준비했을 것이다. 하지만 그럴 여유 따위는 없었다. 애초에 이 몸으로 준비할 수 있는 함정이라고 해봐야 대단한 것은 없다.

이런저런 방법을 떠올려 보았지만 기습이 최적이었다.

이성민은 호흡을 삼켰다. 위에서의 기습은 안 된다. 이성민은 고블린의 것보다 강력한 마비 독과 고블린이 사용하는 독침을 가지고 있다. 그러나 문제는 입으로 쏘아내는 침으로 꿰뚫을 수 있을 정도로 오크의 가죽이 얇지 않다는 것이다. 때문에 단검을 던지는 것도 통하지 않는다. 지금 이성민의 근력과 내공을 더하여도, 전력을 다해 던져도 단검으로 놈들의 가죽을 뚫을 수 있을지 없을지는 확실하지 않다.

"냄새, 냄새가 난다."

외곽 순찰을 도는 오크는 다섯 마리.

한스가 요구한 숫자와 딱 맞았다. 아마, 한스도 이성민이 외곽 순찰을 도는 오크를 노릴 것을 알고 있을 것이다.

한스는 숲을 드나들면서 시체를 뒤지면서 물건을 구해다가 팔고 있다. 오크나 고블린의 순찰 경로쯤이야 꿰고 있겠지.

'다섯……. 나눌 수 있다면 나누고 싶은데. 그렇게 쉽게 풀리지는 않겠지.'

오크들이 상체를 숙이고 큼직한 코를 쿵쿵거린다. 이성민이 오줌을 쏴 갈긴 자리였다.

지금?

아니, 아직.

이성민은 벌레처럼 바닥에 엎드려 있었다. 온몸에 흙을 발랐고 땅까지 얕게 파서 착 달라붙었다.

호흡은 최대한 줄였다. 흙투성이의 얼굴 한복판에서 부릅 뜬 두 눈만이 때를 노리고 번들거렸다.

"인간 냄새다."

"인간. 어디에 있지?"

"시체가 없다. 피도 없다……."

오크들이 중얼거린다.

지금이다.

이성민은 손에 꽉 쥐고 있던 돌멩이를 냅다 위로 집어 던졌다.

호선을 그리면서 날아간 돌멩이가 오크들의 뒤편으로 떨어진다. 그 소리에 오크들이 흠칫 놀라 뒤를 돌아보았다.

오크들이 머리를 돌린 즉시 이성민이 앞으로 튀어 나갔다. 그는 기합 대신에 크게 숨을 삼켰고, 창 대신에 단검을 쥐었다.

일뢰주법까지 사용하면서 뛰어나간 이성민은 가장 가까운 곳에 있던 오크의 등에 단검을 박아 넣었다.

"취이익!"

오크가 비명을 지른다. 손목이 뻐근할 정도로 힘을 넣어 찔렀다. 단검이 깊이 박혀 피가 튄다. 하지만 치명상은 아니다. 두꺼운 거죽을 뚫고서 간신히 박힌 것이 고작이다.

이성민은 미련 없이 단검을 놓았다. 뽑으려 들지도 않았다.

독은…… 스며들었다.

단검에 듬뿍 바른 독은 놈의 몸 안에 도는 피와 함께 전신으로 퍼질 것이다.

'남은 것은 넷.'

"인간!"

"죽인다!"

오크들이 고함을 지른다. 놈들이 저돌적으로 달려들었다. 전법 같은 것 없이 냅다 뛰어올 뿐이지만, 놈들의 흉악한 면상과 굵직한 체구 덕분에 그 박력이 대단했다.

"후욱!"

이성민은 호흡을 크게 내뱉으면서 투척용 단검 두 개를 꺼냈다.

일뢰주법이 펼쳐진다.

파악!

이성민의 몸이 옆으로 뛰었다. 이성민은 머리 위를 내리찍는 도끼를 피하고서 허리를 크게 비틀었다.

콰아악!

이성민이 되는대로 휘두른 단검이 오크의 어깨에 박힌다. 노리는 것은 치명상이 아니다. 단순한 상처 정도면 충분하다. 박아 넣은 단검을 놓고서 이성민은 계속해서 움직였다.

"쥐새끼!"

오크가 고함을 지르며 도끼를 크게 휘두른다. 내력 따위는 실리지 않았어도 오크의 근력은 성인 남성을 뛰어넘는다.

이 빠진 도끼날……. 맞는다면 베이는 것이 아니라 뼈가 박살 나겠지.

현재 이성민의 외공 수준으로는 저 공격을 일격도 버틸 수가 없다.

'맞으면 안 돼……!'

이성민은 필사적이었다. 아직 오크는 셋이나 남았고, 놈들은 14살 꼬마 정도는 산 채로 팔다리를 뜯어낼 수 있는 근력을 가지고 있기 때문이다.

이성민은 가슴팍을 스친 도끼에 섬뜩함을 느끼면서 냅다 땅 위를 굴렀다.

데굴데굴.

이성민은 바닥을 구르면서 왼손에 들고 있던 단검을 오른손으로 바꿔 쥐었다. 그리고 벌떡 몸을 일으키더니 오크를 향해 단검을 집어 던졌다.

"크륵!"

내력을 실어 던지지 않았다. 오크는 조금 놀란 기색이었으나, 도끼를 휘둘러 이성민의 단검을 막아냈다.

그것이면 충분하다. 이성민은 창을 재빨리 뽑아내고서 일격일살을 펼쳤다.

빠아악!

오크의 텅 빈 가슴팍에 이성민의 창이 꽂혔다.

"쿠륵!"

오크의 입에서 피가 튀긴다. 이성민은 양손에 힘을 주어 창을 뽑아냈다. 불쾌한 감각과 함께 창이 뽑힌다. 아니, 차라리 놓는 것이 나았다: 근처에 있던 오크가 고함을 지르면서 이성민의 머리 위로 도끼를 내리찍었기 때문이다.

"크윽!"

이성민은 다급히 창대를 위로 들어 올렸다.

빠아악!

도끼에 얻어맞은 창대가 반으로 뚝 부러졌다.

"개새끼야!"

이성민은 부러진 창이 아까워 고함을 내질렀다. 그렇게 외치면서도 이성민은 오크를 계속해서 공격했다.

추혼창법 이식(二式), 역류살(逆流殺).

아래로 내렸던 창끝이 위로 치솟는다. 창대가 부러지긴 하였지만, 이성민은 부러진 창으로 거리를 잡고서 그것을 검처럼 아래에서 위로 휘둘렀다.

파아악!

뒤로 물러서는 것이 늦었던 오크의 턱 끝에 창이 스친다.

'이미 한 번 독을 사용했어. 부족해……!'

오크의 몸에 한 번 박혔던 창이다. 독이 부족하다. 이성민은 왼손에 쥐고 있던 부러진 창대를 꽉 쥐었다.

도끼가 무딘 탓에 절단면이 거칠다. 그것이 이성민에게는 다행이었다.

"케륵!"

있는 힘을 다해 오크의 목에 창대를 박아 넣었다. 오크의 입이 쩍 벌어졌다.

아직 한 마리 남았다.

조금 지치기는 하였지만 한 마리의 오크를 처리하는 것은 그리 어려운 일은 아니었다.

이성민은 거친 숨을 몰아쉬면서 주변을 둘러보았다. 마비독에 당한 오크 넷은 바닥에 널브러져 움찔거리고 있었고, 창대에 목이 꿰인 오크는 죽었다.

"……지친다."

카악, 퉤!

이성민은 끈적한 침을 뱉어내면서 투덜거렸다. 못해 먹을 짓이었다. 여러 가지로 여력이 부족한 상태에서 무리한 상대와 싸우는 것은 말이다.

"……그래도."

 가슴 벅찬 뿌듯함이 느껴졌다. 오크 다섯 마리를 잡았다. 전생에서, 이 시절의 이성민이라면 상상도 하지 못한 일을 한 것이다.

 이성민은 흐뭇한 미소를 지으면서 움찔거리는 오크들을 향해 다가갔다. 눈깔을 뽑기 위해서.

"진짜구먼."

 시킨 것은 한스 본인이었지만, 솔직히 말해서 진짜로 성공할 것이라고는 생각하지 않았다.

 14살의 꼬마에게 오크 다섯 마리를 잡아 오라고 시켰다. 무공을 익힌 놈도 아니고 마법을 익힌 놈도 아니다. 노 클래스인 14살의 꼬마다.

 그런데 그 꼬마가 오크 눈깔 열 개를 들고 왔다.

"죽을 뻔했어요."

 이성민의 몰골은 가관이었다. 매복하느라 흙투성이였던 상태에서 땀을 뻘뻘 흘린 탓에 얼굴에는 흙이 지저분하게 번져 있었다. 피 냄새와 땀 냄새, 흙냄새가 뒤섞여 악취가 풍긴다.

"어디서 주워 온 것은 아니겠지?"

"오크 눈깔을 어디서 주워요."

"오크 사체를 발견한 걸 수도 있잖아."

"그냥 아공간 포켓 주기 싫은 거죠?"

이성민이 눈을 흘기면서 묻자 한스가 웃음을 터뜨렸다. 한참을 웃던 한스가 머리를 가로저었다.

"아니, 그건 아니야. 주기로 했으니까 줘야지."

한스는 그렇게 중얼거리면서 보따리에서 아공간 포켓을 꺼냈다.

"자, 60만 에르짜리의 아공간 포켓이다."

이성민은 번개처럼 출수하여 한스에게서 아공간 포켓을 받았다. 이성민은 환히 웃으면서 아공간 포켓을 주머니에 쑤셔 넣었다.

"고맙습니다!"

"웃으니까 좀 애 같네."

한스가 피식 웃으면서 이죽거렸다.

"애 같다는 게 무슨 말이에요? 애 맞는데."

"퍽이나. 야, 내가 널 본 지도 2주일이 다 되어가는데 말이야…… 너 같은 애 늙은이는 처음 본다. 대체 뭐 하다가 왔길래 정신머리가 그렇게 삭았어?"

정확한 평가였다. 이성민은 입술을 삐죽 내밀면서 투덜거렸다.

"평범하다고 생각하는데요."

"푸하하!"

한스가 배를 잡고 웃었다.

어린애인 척하는 것도 힘들다니까.

이성민은 그런 생각을 하면서 주머니에 가방 입구에 튀어나와 있는 도끼 다섯 자루를 꺼내 한스의 앞에 내려놓았다.

"이거나 구입해 주세요."

"이 뻔뻔한 새끼야, 이걸 어디다 쓰라고 나한테 사달라는 거야? 날은 다 빠졌고 자루도 부러지기 직전이구만."

"쇠만 뽑아서 대장간에 팔면 되잖아요."

"관리도 제대로 안 되어 있는 철을 어떤 병신 대장장이가 사겠어?"

"에이, 그래도…… 무거운데 고생해서 들고 왔는데……."

"그건 네 사정이고요. 아무튼 이건 안 산다."

한스가 제법 호의를 가진 듯하여 시도해 본 것인데 쓰레기를 사줄 정도의 의리는 없는 모양이었다.

이성민은 풀이 죽은 척 어깨를 축 늘어뜨렸다.

"꼴값 떨지 말고."

한스가 투덜거렸다.

"근데 너, 용병이 될 생각은 없냐?"

이성민이 늘어뜨렸던 어깨를 위로 들었을 때, 한스가 갑작스럽게 질문을 던졌다.

"……용병이요?"

"그래."

용병. 그에 대해서는 이성민도 알고 있다. 그도 그럴 것이, 전생의 이성민도 용병 길드에 들어가 있었기 때문이다.

용병은 노 클래스가 가장 쉽게 얻을 수 있는 직업 중 하나였다. 용병이 된다면 여러 가지 편의성이 늘어난다. 수수료가 있기는 하지만 전리품의 거래를 용병 길드의 창구를 통해 쉽게 할 수 있었으며, 어지간한 도시 정도는 용병패를 통해 출입할 수 있게 된다.

'의뢰'를 받는 것도 쉽다. 모든 도시에는 기본적으로 용병 길드가 존재한다. 용병 등급에 따라 수주할 수 있는 의뢰가 갈리기는 하지만, 용병이 된다면 의뢰를 수행하면서 돈을 벌고 명성을 얻을 수 있게 된다.

"……아직은 용병이 될 생각이 없어요."

이성민은 머리를 가로저으면서 대답했다. 전생에서, 이성민은 C급의 용병이었다. 그리 대단한 위치는 아니다. 용병 길드에서 가장 많은 용병이 C급이기 때문이다.

C급. 그것은 노 클래스가 용병 길드에 들어가 오를 수 있는 한계이기도 했다.

기연을 얻는다면 모를까, 전생의 이성민처럼 무난하게 살아온 노 클래스라면 용병 길드에서 아무리 악을 써봤자 C급 위로는 오를 수 없다.

'지금 당장 가입한다고 해도 F급 정도겠지.'

용병의 최하 등급은 G다. 전생에서의 이성민도 G급에서 시작했고, 간신히 C급까지 올랐다. 거기에 같은 등급이라고 해도 격차가 꽤 많이 나뉜다. C+, C, C-로 한다면 이성민은 딱 C급이었다.

이미 그런 과정을 거쳤기 때문에, 이성민은 지금 자신이 용병 길드에 들어가 봤자 큰 이득을 볼 수 없다는 것을 알고 있었다.

용병 길드는…… 들어가기는 쉬워도 위로 올라가기는 어려운 곳이다.

그런 주제에 아래로 떨어지는 것은 매우 쉽다. 의뢰 몇 개를 말아먹는다면 용병 등급이 한 단계 떨어져 버린다.

차라리 충분히 힘을 축적하고서 용병 길드에 입단하는 것이 낫다. G급에서 시작하는 것보다 D급에서 시작하는 것이 훨씬 낫다.

현재 이성민이 노리는 최하 등급은 D였다. D급 용병의 실력을 갖추기 전까지는 용병이 될 생각이 없었다.

"흠. 뭐, 싫다면 권하지는 않겠다만."

한스는 그렇게 중얼거리면서 이성민을 힐긋 보았다.

"용병이 되는 것도 나쁘지는 않아. 이런저런 편리함이 늘 거든."

"그러겠죠."

이미 알고 있다. 이성민은 한스의 말을 건성으로 들으면서 코를 킁킁거렸다. 몸에서 올라오는 악취가 지독했다.

"저기, 이만 가 봐도 될까요?"

"받을 건 다 받고 가는구만. 애교 없는 꼬마 같으니."

"남자한테 애교 받으면 좋아요?"

"싫지. 가라, 가."

한스가 손을 휘휘 내저었다. 이성민은 한스를 향해 꾸벅 머리를 숙이고서 내려놓았던 가방을 들었다.

그러고는 총총걸음으로 한스에게서 멀어졌다.

"야! 쓰레기 가지고 가!"

등 뒤에서 한스가 고함을 질렀지만 무시했다.

"너, 냄새나."

여관으로 돌아오자마자 딜을 맞았다.

새하얀 뺨에 주근깨가 살짝 뿌려진 소녀가 이성민을 보고서 코를 쥐어 잡았다. 제 몸에 악취가 나고 있다는 것은 이성민도 잘 알고 있던 사실이기에 그는 소녀의 질책에 변명은 하지 않았다.

"알아."

"우씨, 너 또 반말했어!"

소녀가 뾰족한 목소리로 쏘아붙인다.

소녀의 이름은 루라. 여관을 경영하고 있는 잭의 딸이다.

"한 살 차이인데 꼬박꼬박 누나라고 부르면서 존댓말 쓰는 것도 웃기잖아."

"뭐가 웃겨? 너는 나보다 어리잖아. 동생이란 말이야."

"누나가 누나다워야 누나지."

이성민은 투덜거리면서 등에 메고 있던 가방을 내려놓았다. 루라의 나이는 열다섯. 이성민보다 한 살 많았다. 하지만 이성민은 도저히 루라를 향해 '누나'라고 부를 수가 없었다. 이성민의 겉은 14살 소년이지만 알맹이는 27살 먹은 총각이다. 15살의 여자애한테 누나라니! 그것은 이성민이 도저히 타협할 수 없는 자존심이었다.

"잭 아저씨는?"

"아빠는 주방에 계셔. 오늘 저녁은 버섯 스튜랑 닭다리 구이야. 맛있겠지?"

루라가 헤헤 웃으면서 말했다. 잭의 요리 솜씨는 제법 뛰어난 축이었다.

현재 이성민이 하루를 살아가는 낙은 굳이 꼽자면 두 개였다.

하나는 무공의 진전 속도, 다른 하나는 잭이 차려주는 저녁.

항상 이른 아침에 출발하는 이성민은 방금 내놓은 따뜻한 아침밥을 먹을 수가 없었다.

덕분에 그의 아침은 딱딱하게 굳은 호밀 빵으로 2주 동안 고정되었고, 점심 역시 아침에 여관을 빠져나오면서 챙겨둔 호밀 빵으로 대신하고 있었다.

"오늘 아침은 뭐였어?"

"구운 빵이랑 계란후라이, 찐 감자."

"맛있었겠네."

"우리 아빠는 요리 잘하니까. 너도 조금 늦게 나가면 같이 아침 먹을 수 있잖아."

테이블 위에 앉은 루라가 다리를 까닥거리면서 투덜거렸다. 그 말에 이성민은 쓰게 웃었다.

이른 아침에 나가는 것에는 이유가 있었다. 이른 아침일수록 숲에는 경쟁자가 적다. 제나비스와 가장 가까운 사냥터인 숲에는, 이 세계에서 살아가기로 마음먹은 이계인들이 매일 매일 드나들고 있다. 느지막이 나간다면 그들과 숲에서 마주치게 될 것이고, 귀찮은 일이 벌어질 가능성이 있었다.

그것을 감수하느니, 마른 호밀 빵으로 아침과 점심을 해결

하면서 숲에서 빨리 볼일을 봐두는 편이 낫다.

'그래도 내일부터는 조금 더 효율적으로 사냥할 수 있겠어.'

아공간 포켓을 얻었으니 숲에서 먹을 식량도 챙겨갈 수 있다. 우유가 혹시 뙤약볕에 상하지 않을까 걱정하여 챙기지 않았었는데, 내일부터는 우유를 마실 수도 있을 것이다.

우유는 중요했다. 현재 이성민의 몸뚱이는 성장기를 맞고 있어서, 균형 잡힌 식사를 하지 않는다면 전생의 육체처럼 성장하지 않을 수도 있었다.

"너는 왜 매일매일 숲에 가서 싸우는 거야? 매번 그렇게 냄새나는 꼴로 돌아오는 주제에."

루라가 말을 걸었다. 아무래도 심심한 모양이었다.

잭의 여관은 숲과 떨어진 곳에 있는지라 손님이 그리 많지 않았고, 곧잘 오는 손님이라고 해봐야 투숙객이 아니라 식사를 하기 위해 오는 잭의 단골이 대부분이었다.

당연히 그중에서는 루라의 또래는 없다. 루라로서는 이성민이 오랜만에 생긴 또래 친구인 것이다.

"나는 이계인이니까. 살아가려면 몬스터를 잡아서 돈을 벌어야 해."

"누구를 바보로 알아? 이계인이 몬스터를 사냥하지 않고서도 살아갈 수 있다는 것은 나도 알아. 취직하면 되잖아!"

루라가 쏘아붙였다. 그 말에 이성민은 대답하지 않고서 쓰게 웃을 수밖에 없었다.

루라의 말이 맞다. 이계인이 이 빌어먹을 세계, 에리아에서 살아갈 수 있는 방법은 다양하다.

전생의 이성민처럼 몬스터를 잡아다가 용병이 되는 것은 무수히 많은 방법 중 하나일 뿐이다.

이계인. 특히나 힘을 갖지 못한 노 클래스 중에서는 처지 개선을 포기하고서 취직 활동을 벌이는 이계인도 많다.

"우리 여관에 취직하는 것은 어때? 우리 아빠, 네가 꽤 마음에 든 것 같던데."

"요리도 할 줄 모르고 청소도 할 줄 몰라."

거짓말이다. 이성민은 허드렛일에 굉장히 능숙했다. 처음 용병이 되었을 때, 소속된 용병단에서 온갖 종류의 허드렛일을 짬 당했기 때문이다.

하지만 하고 싶지 않았다. 기껏 환생하지 않았는가. 두 번째로 얻은 삶에서 허드렛일을 하고 싶지는 않았다.

"그러다가 죽으면 어떡하려고?"

"안 죽기 위해서 노력해야지."

"흥, 그게 말처럼 쉬운 줄 알아?"

"당연히 쉽지 않다는 것은 알지. 오늘도 죽을 뻔했는걸."

"이해가 안 돼. 목숨 걸고 사는 것보다는 여관 일이나 배우면서 편히 사는 게 낫잖아."

루라가 발을 휘저으면서 투덜거렸다.

어쩌면 루라의 말이 맞을지도 모른다. 이성민은 전생을 알고 있기에 지금 하는 노력들이 부질없을지도 모른다는 것을 그 누구보다 뼈저리게 알고 있었다.

"저녁 다 되면 불러줘."

이성민은 그 말을 남기고서 계단을 올라갔다.

부질없을지도 모른다는 것을 알면서도 이성민은 다시 살아가 보고 싶었다.

전생보다 나은 삶을.

3장
위지호연

소천마 위지호연.

이성민이 전생에서 살았을 적에 수도 없이 들었던 이름.

이성민과 비슷한 시기에 에리아로 소환되었고, 제나비스에 함께 있었으며…… 이성민보다 먼저 제나비스를 떠난 무림인.

제나비스를 떠난 위지호연이 정확히 무엇을 하면서 에리아에서 살아갔는지는 모른다. 소문은 몇 번 주워들었으나, 그에 대해서는 단편적인 기억밖에 없었다. 명확하게 떠오르지는 않는다.

하지만 이것 하나는 확실했다.

위지호연은 이성민이 죽기 직전까지 에리아에서 살아남았고, 에리아에서 이름을 떨치고 있었다.

에리아에는 마교 출신의 무림인이 많다. 마교의 소교주 출신도 많지는 않았지만 위지호연 하나는 아니었다. 그럼에도 위지호연은 그가 가진 별호였던 '소천마'를 에리아에 살아가는 모든 사람의 뇌리에 깊이 박아 넣었다.

13년이라는 시간. 이성민이 G급 용병에서 시작해서 C급으로 올라가는 시간 동안, 위지호연은 루키에서 정점에 가까운 존재가 되었다.

소문은 무던히 들었지만, 이성민은 위지호연이라는 거인을 만나본 적은 없었다.

제나비스에서 지낸 시기를 공유하였다고는 해도, 제나비스는 넓은 도시다. 그 당시에 이성민과 위지호연은 서 있는 위치가 달랐고, 이성민이 위지호연보다 한 달 먼저 제나비스에 있었다.

하지만 이제 막 제나비스에 도착했던 위지호연은 그 시점에서부터 이성민보다 압도적으로 높은 위치에 있었다.

그것은 13년이 흐른 뒤에도 마찬가지였다.

이성민은 거북이보다 조금 빠른, 아니, 거북이와 마찬가지…… 어쩌면 거북이보다 조금 느린 속도로 앞으로 나아갔지만, 이성민이 13년 동안 이룩한 성장은 처음 제나비스에 도착했던 위지호연보다 못할 것이다.

열등감을 품을 상대도 아니다. 가지고 있는 것이 너무 차이가 난다. 다른 세계도 아니고, 다른 별도 아니고, 다른 차원의 사람이다.

하지만 궁금했다. 그것은 변덕과도 같은 호기심이었다. 거인의 처음을 보고 싶다는 대단치 않은 욕구였다.

매일매일 숲으로 향하는 것은 이성민에게 있어서는 이제는 습관과도 같은 일과였지만, 오늘의 이성민은 그것을 과감하게 접어두었다.

"오늘은 숲에 안 가는 거냐?"

오전 11시.

이성민이 홀로 내려오자 잭이 머리를 갸웃거리며 물었다. 이성민이 이 여관에서 지낸 지 한 달. 그동안 이성민은 매일매일 숲으로 향했었다.

"네, 하루 정도는 쉬어도 될 것 같아서요."

"별일이구먼. 루라가 쉬라고 쉬라고 말을 해도 듣지를 않더니."

잭이 껄껄 웃으며 말했다.

"숲에 안 가면 오늘은 계속 방에서 쉴 생각이냐?"

"아뇨, 잠깐 나갔다가 오려구요."

여관을 나선 이성민은 일뢰주법을 펼쳐 제나비스의 중앙 광장으로 달렸다.

한 달간 틈이 날 때마다 천진심법을 운용하고 일뢰주법을 사용한 덕에 내공은 꽤 늘어 있었다.

이계인이 소환되는 요일 같은 것은 정해져 있지 않다. 하루 간격으로 소환되는 경우도 있고, 며칠에 한 번, 심할 때는 몇 달에 한 번 소환되는 경우도 있다.

하지만 변하지 않는 것은 있다. 이계인이 처음으로 소환되는 것은 제나비스의 중앙 광장이며, 시간은 정오다. 한 달 전의 이성민도 정오의 중앙 광장에서 소환되었다.

'어떻게 생겼을까?'

이성민은 호기심을 억누르면서 침을 삼켰다. 아직 정오는 되지 않았다. 정오가 된다면 중앙 광장의 종이 울린다. 이성민은 근처의 분수대에 앉아 가볍게 호흡을 골랐다.

동경.

'소천마'라는 별호와 위지호연이라는 이름은, 전생에서부터 이성민으로 하여금 동경심을 품게 만들었던 이름이다.

에리아에서 살았던 대부분의 이계인이 그럴 것이다.

특히나 처지는 물론이고 생존조차 힘든 노 클래스라면 더더욱. 이성민도 그런 면에서는 다른 노 클래스와 똑같았다.

그래서 보고 싶었다. 처음으로 이 세계에 소환된 위지호연의 모습을.

데앵, 데앵, 데앵.

종이 울린다. 시간이 되었다. 이성민은 꿀꺽 침을 삼키고서 광장 중앙을 바라보았다.

한 소년이 그곳에 서 있었다. 방금까지만 해도 없었는데, 그 소년은 처음부터 그곳에 있었다는 것처럼 우두커니 서 있었다.

소년이 입고 있는 옷은 새카만 무복이었다. 옷차림에서부터 자신의 출신지를 밝히는 모습이다.

이성민은 마른침을 꿀꺽 삼키고서 소년을 바라보았다.

소년은 잠깐 동안 멍하니 서 있다가 주변을 둘러보았다. 상황 파악이 되지 않는 모양이었다.

당연한 일이었다. 에리아의 소환은 갑작스럽기 짝이 없다. 이 세계는 소환된 이계인에게 그 어떤 설명도 해주지 않는다.

눈을 깜박거리면서 주변을 둘러보던 소년이 입을 열었다. 뭐라고 말을 하는 것 같기는 한데, 거리가 제법 멀어서 무슨 말인지 들리지는 않았다.

소천마 위지호연. 그는…… 이성민이 생각했던 것보다 어린 모습이었다. 겉으로 보이는 나이만 본다면 이성민보다 어려 보일 정도였다.

'위지호연이 몇 살이었지……?'

그것까지는 모르겠다. 위지호연의 경이적인 힘에 대해서는 소문으로 몇 번이나 들었지만, 정작 위지호연이 몇 살이고, 어떻게 생겼는지에 대해서는 한 번도 들어본 적이 없었다.

시간이 얼마나 흘렀을까.

이성민은 분수대에 앉아 위지호연을 쳐다보았고, 위지호연은 주변을 둘러보기만 할 뿐 특별한 움직임은 보이지 않았다.

주변을 지나던 사람들도 위지호연을 한 번 힐긋거리기만 할 뿐, 그에게 다가가거나 말을 걸지는 않았다.

제나비스의 주민들에게 있어서 이계인이 소환되는 것은 이미 일상의 일부였고, 특별히 관심을 둘 대상이 아니었기 때문이다.

'……뭔가 비범한 모습을 기대했었는데.'

주변을 살피기만 할 뿐 뚜렷한 움직임을 보이지 않는 위지호연을 보면서 이성민은 마음속으로 실망하고 있었다.

전생에서 몇 번이나 들었던 거인의 이름. 시작부터가 비범할 것이라고 생각했었는데 의외로 위지호연은 그런 비범한 모습은 보여주지 않고 있었다.

'뭐, 그렇겠지. 갑자기 소환된 것은 피차 똑같으니까…….'

이성민은 그런 생각을 하면서 몸을 일으켰다.

구경은 여기까지 하도록 하자.

거인의 시작을 보았다는 것만으로 이성민은 만족했다.

위지호연은 이성민과 평생 인연이 없을 인간이다. 앞으로 위지호연은 이성민이 전생에서 들었던 소문처럼 에리아를 살아가면서 이름을 날리게 될 것이다.

이성민은?

전생보다는 나은, 그런 인생을 살아가기 위해 노력하겠지.

이성민은 조금 씁쓸한 기분을 느끼면서 몸을 돌렸다.

"이봐."

몸을 돌린 이성민이 걸음을 뻗기도 전이었다. 등 뒤에서 들리는 목소리에 이성민의 몸이 흠칫 놀라 굳는다.

"왜 나를 보고 있었느냐?"

어린아이의 목소리다. 아직 변성기가 오지 않은 목소리. 이성민은 뻣뻣하게 굳은 표정을 하고서 뒤를 돌아보았다. 어느새 위지호연은 이성민의 뒤에 서 있었다.

키는…… 이성민이랑 비슷했다. 이성민은 입을 반쯤 벌리고서 위지호연의 얼굴을 응시했다. 위지호연은 어린아이답지 않은 근엄한 표정으로 뒷짐을 지고 있었다.

"대답하라. 왜 나를 보고 있었느냐?"

위지호연이 답을 재촉한다. 이렇게 될 것이라고는 예상하지 못했기 때문에, 이성민은 뭐라 말을 잇지 못하고 입술만 뻐끔거렸다. 그러자 위지호연의 눈썹이 찡그려졌다.

"무엇을 그리 놀라고 있는 게냐? 마치 귀신이라도 본 것 같은 얼굴이구나."

"아…… 그, 그게……."

"묻는 말에 대답이나 하거라. 왜 나를 보고 있었느냐?"

다시 한번 위지호연이 답을 재촉했다. 더 이상 침묵할 수는 없었다. 이성민은 더듬거리면서 말을 내뱉었다.

"그…… 그게. 갑자기 소환된 모습에 놀라서……."

"소환?"

위지호연이 그 단어에 반응했다.

"아무래도 너는 이 사태에 대해 무언가를 알고 있는 모양이구나. 소환이라는 것은 또 뭐냐. 이곳은 어디이지? 나는 내 방에서 아침 연공을 하고 있었는데…… 대체 내가 왜 이곳에 있는 것이냐? 이곳은 또 어디이고?"

위지호연이 연거푸 질문했다. 이성민을 보는 위지호연의 눈은, 이성민이 질문에 대답할 것을 조금도 의심하지 않는 눈이었다.

'이렇게 될 것이라고는 생각하지 않았는데…….'

이성민은 당황하기는 하였지만, 지금의 상황을 냉철하게 받아들이려 노력했다.

우선, 이성민은 위지호연에게 거짓말을 할 생각은 없었다. 위지호연이 한 질문에 대한 대답은 비밀이라고 할 수도 없다.

"……그게…… 그러니까……."

이성민의 이야기가 시작되었다.

이성민은 자신이 파악하고 있는 것들에 대해 숨기지 않고서 위지호연에게 알려주었다. 이 세계가 어디이고, 왜 이곳에 소환된 것인지.

위지호연은 이성민이 이야기하는 동안 가만히 이성민의 이야기를 들었다.

궁금한 것이 많을 텐데도 위지호연은 따로 질문 같은 것은 하지 않았고, 이성민이 말을 시작하자 더 이상 재촉하지도 않았다.

"놀랍군."

이성민의 이야기가 끝났을 때, 위지호연은 덤덤한 얼굴을 하고서 그렇게 내뱉었다.

놀랍군.

그렇게 말한 주제에 위지호연의 얼굴에는 전혀 그런 기색이 없었다.

'이 새끼 대체 뭐야?'

그쯤 되니 오히려 이성민이 당황하게 된다.

대체 뭐 하는 놈이냐. 나이가 많은 것도 아니고 경험이 많은 것도 아닐 텐데.

아니, 애초에 그런 것들은 빌어먹을 에리아의 '소환'에는 아무 소용도 없다.

갑자기 눈을 떠보니 전혀 다른 세상에 와 있다. 그것을 어떤 미친놈이 아~ 그렇구나 하고 납득한단 말인가?

"……내 말을 믿는 거예요?"

"중원에서 그런 말을 듣게 되었다면 믿지 않았을 것이다. 하지만. 지금 내 앞에는 확실한 증거들이 있지 않느냐."

위지호연은 대수롭지 않다는 얼굴을 하고서 대답했다.

그는 손을 들어 근처를 지나는 제나비스의 주민을 가리켰다.

"색목인(色目人). 넓은 중원에서도 흔하게 볼 수 있는 인종이 아니지. 그런데…… 이곳에는 색목인이 아주 많구나. 대부분의 사람이 색목인이야. 눈과 머리가 검은 너와 내가 마치 별세계의 사람으로 여겨질 정도다."

위지호연은 그렇게 중얼거리면서 사람을 가리켰던 손을 들어 건물을 가리켰다.

"건물들도 그렇다. 저런 형태의 건물은 처음 보는군. 그래…… 그런가. 이곳이 '에리아'라는 세계로구나."

위지호연은 머리를 끄덕거리면서 납득했다.

"그리고 이 상태창이라는 것. 네 말대로구나. 내뱉지 않고 생각해 보았을 뿐인데. 흐음…… 이름은 위지호연…… 직업은 무림인? 하하! 이거 참 재미있군."

위지호연이 웃음을 터뜨린다. 위지호연은 이성민이 알려준 대로 머릿속에서 익히고 있는 무공의 구결들을 떠올렸다.

"스킬창…… 채워지는구나. 그래, 이런 것들을 실제로 보았는데 어찌 네 말을 의심하겠느냐?"

"아…… 예에……."

생각하는 것이 다르다. 아니, 적응력의 차이인가? 뭐가 어찌 되었든 처음 제나비스에 도착했던 이성민의 반응과는 전혀 다르다.

당시의 이성민은 상황을 알게 되고서 펑펑 울었었다. 돌아가고 싶다고, 집으로 보내달라고. 하지만 위지호연은 웃는다.

"너, 이름이 뭐냐."

위지호연이 이성민을 향해 질문했다.

"……이성민."

"나이는?"

"열넷."

"나는 위지호연이다. 나이는 열셋이고."

한 살 어렸구나.

이성민은 입을 반쯤 벌리고 위지호연을 바라보았다.

"좋은 이야기를 들었다. 이 세계…… 에리아. 이곳에서 살아가기 위해서는 몬스터라고 불리는 괴물을 잡아야 한다고? 좋아, 좋구나. 후후! 수행이 지루하던 참이었는데 아주 잘되었어."

위지호연은 무엇이 그리 즐거운지 웃어댔다. 이성민은 그런 위지호연을 질린다는 얼굴을 하고서 바라보았고, 위지호연은 손을 뻗어 이성민의 어깨를 툭툭 두드렸다.

"자, 가자."

"……예? 어딜 가요?"

"으음, 우선 이것부터 터놓아야겠군."

위지호연은 작은 목소리로 투덜거리더니, 이성민의 어깨를 두드리던 손을 내리고선 뒷짐을 지었다.

"나는 마교의 소교주로서 태어남과 동시에 모든 이에게 추앙을 받았지. 하지만 이곳 에리아에는 마교가 없다. 그렇다는 것은, 나 역시 마교의 소교주가 아닌 한 명의 인간으로 내려왔다는 것이다."

13살의 어린애가 늘어놓는 말이라고는 생각할 수가 없었다.

"에리아에서의 나는 한 명의 인간일 뿐이다. 그러니, 너는 오늘부터 나의 친구가 되었다."

위지호연이 근엄한 얼굴을 하고서 말한다. 그 말을 이성민은 또 이해할 수가 없었다.

마교가 없으니 소교주에서 그냥 평범한 인간이 되었다. 그래, 그것까지는 이해할 수 있다. 그런데 갑자기 웬 친구란 말인가? 이게 뭔 개 같은 논리인가?

"어…… 왜 나랑 당신이 친구가 되는 거죠……?"

"……응? 그 말은 이해하기 힘들군. 비슷한 나이 또래라면 모두가 친구가 되는 것 아닌가? 하물며 너와 나는 이러한 만남, 이러한 인연으로 엮이게 되었다. 당연히 친구가 되는 것 아닌가?"

위지호연이 머리를 갸웃거리면서 묻는다. 이성민은 뭐라고 말을 잇지 못하고 입술을 뻐끔거렸다.

하지만 하나는 알 수 있었다. 소천마 위지호연. 13살의 그가 대체 어떤 꼬마였는지. 위지호연은 근본적인 커뮤니케이션 능력에 결함을 가지고 있었다.

"어…… 네, 그렇죠. 친구…… 친구요."

"그래, 우리는 지금 이 순간부터 친구다. 그런데 왜 경어를 쓰는 것이냐. 친구끼리는 반말을 하는 것 아닌가?"

"아…… 어…… 그래……."

위지호연이 머리를 갸웃거리면서 하는 말에 이성민은 질린 얼굴을 하고서 대답했다.

27살 먹고서 13살 꼬마와 친구가 되어버렸다.

앞장서서 북쪽 성문으로 향하면서, 이성민은 지금의 상황에 대해 생각해 보았다.

소천마 위지호연.

앞으로 에리아에서 살아가면서 그 이름을 만천하에 떨치게 될 거인과 인연을 맺게 되었다.

'친구'라는 애매모호한 관계.

위지호연이 그 관계에 대해 얼마나 진심일지는 모르겠지만, 위지호연과 인연을 맺는다는 것은 전생의 이성민에게는 존재하지 않았던 일이다.

'친구…… 친구라…….'

그 단어를 생각하면서 이성민은 쓸쓸한 기분을 느꼈다.

전생의 이성민에게는 친구라고 할 만한 이들이 없었다. 노 클래스로 살았던 13년은 이성민에게 지독한 인간불신밖에 남겨주지 않았다.

같은 처지의 노 클래스들은 서로를 믿는다기보다는 얼마 가지고 있지도 않은 것을 서로 뺏기 위해 아귀다툼을 벌인다.

인간이라는 것은 심술궂기 짝이 없어서, 비슷한 처지였다가 자신보다 잘나가게 되는 놈을 도저히 내버려 두지 못한다.

개천에서 용 나는 것을 보고 하하 쪼갤 수가 없는 것이 인간이라는 동물이다.

전생의 이성민은 뭔가 대단한 것을 가져본 적이 없다. 그런 것들조차도 다른 놈들에게 뜯겨왔었다. 그렇기에, 이성민은 친구라는 단어에 대해서 좋은 생각은 가지고 있지 않았다.

"너, 무공을 익혔다고 했었지."

이성민보다 몇 걸음 뒤에서 따라오고 있던 위지호연이 말을 걸었다.

"예…… 아니, 응."

말을 놓으라고 하기는 했지만, 이성민은 그것이 영 껄끄러웠다. 전생에서 질리도록 들었던 '소천마'라는 별호가 머릿속을 계속해서 떠돌았기 때문이다.

"그런데 왜 경공을 쓰지 않는 것이지?"

위지호연의 말에 이성민이 머리를 돌려 뒤를 보았다. 위지호연은 의아하다는 표정이었다.

하긴, 경공을 써서 달린다면 걷는 것의 몇 배나 되는 속도로 목적지에 도달할 수 있을 것이다.

"그게…… 내 내공이 변변치 않아서."

이성민은 쓰게 웃으면서 대답했다. 무공을 익혔다. 그것에 대해서는 위지호연에게 미리 밝혀두었다. 고서점을 뒤지다가 몇 가지 무공을 익히게 되었다고.

아직 이 세계에 대한 이해도가 부족한 위지호연은 이성민의 그런 설명에 별다른 위화감은 느끼지 못한 모양이었다.

"아, 그렇군. 너는 무림인이 아니었지."

위지호연이 납득했다는 표정을 지으면서 머리를 끄덕거렸다.

"무공을 접한 지 이제 한 달이 되었다고 하였나? 영약도 안

먹었을 테니…… 내공이 적을 만도 해."

이 새끼, 지금 놀리는 건가?

가슴 한구석을 송곳으로 쿡 찌르는 것만 같은 기분이었다.

"한번 펼쳐라도 보는 것이 어떤가?"

위지호연이 권했다. 이성민은 잠깐 망설이다가 머리를 끄덕거렸다. 그러고는 바로 일뢰주법을 펼쳐 앞으로 뛰어나갔다.

지금의 이성민이 가진 내공으로는, 일뢰주법을 전력으로 펼칠 수 있는 시간은 10분 정도다.

본래에는 사냥터에서 사용할 내공을 남기기 위해 적당히 여유를 두고서 경공을 사용하였었지만, 지금의 이성민은 가진 내공을 모조리 긁어모아 일뢰주법을 펼쳤다.

풍경이 휙휙 지나가면서 머리가 뒤로 날린다.

"……허억! 허억!"

내공이 바닥을 보일 때쯤 이성민은 뛰는 것을 멈추었다. 그는 무릎에 손을 얹고서 거친 숨을 몰아쉬었다. 전신이 땀으로 축축했고 다리가 뻐근했다. 텅 빈 단전이 휑하니 느껴졌다.

"흐음."

이성민은 퍼뜩 머리를 들어 앞을 보았다. 땀을 줄줄 흘리는 이성민과는 다르게 위지호연은 조금도 흐트러짐이 없는 모습이었다. 오히려 그는 이성민보다 몇 걸음 앞쪽에 있었다.

"그리 좋은 경공법은 아니군."

위지호연이 품평하듯 말했다. 그 말을 들으니 이성민의 가슴이 부글부글 끓었다.

'당연하지, 새끼야. 일뢰주법은 좋게 쳐줘 봐야 이류 무공이라고.'

그 부족함을 내공으로 커버할 수 있는 것도 아니고.

이성민은 숨을 헥헥거리다가 숙였던 상체를 들었다. 머리가 핑 돌았다.

"이곳이 마교였더라면 영약이라도 하나 주었을 텐데."

위지호연은 그렇게 중얼거리면서 이성민에게 다가갔다.

마교에서 전생했다면 얼마나 좋았을까.

이성민은 그런 시답잖은 생각을 하면서 다가오는 위지호연을 보았다.

물론 생각만 그렇게 했다. 마교에서 전생했더라면 위지호연과 친구가 되는 일 따위는 일어나지 않았을 것이다.

"손을 줘보게."

이성민은 손을 앞으로 내밀었다. 위지호연은 이성민의 손목을 한 번 더듬더니 이성민의 기혈에 내공을 불어넣어 주었다. 텅 비었던 단전이 순식간에 차오른다.

"단전이 작군. 천진심법…… 이라고 했었나? 도가(道家)의 심법인 모양이야. 이것도…… 그리 좋은 심법은 아니군."

"……크흠."

개 같은 새끼!

이성민은 마음속으로 욕설을 내뱉었다. 위지호연은 별생각 없이 하는 말이겠지만, 이성민에게 있어서는 둔탁한 일침처럼 느껴졌기 때문이다.

"도가의 심법은 성장이 느리지만 안정적이다……. 흔히들 하는 말이지."

위지호연은 그렇게 중얼거리고선 이성민의 손을 놓아주었다. 이성민은 뚱한 얼굴을 하고서 입술을 열었다.

"고마워."

"대단한 것도 아닌데. 감사를 들을 일도 아니야."

위지호연은 빙그레 웃으면서 대답했다.

"성문은 저쪽인가?"

경공을 써서 10분이나 달린 탓에 북쪽 성벽까지는 제법 가까워져 있었다. 위지호연은 멀찍이 보이는 성벽을 손으로 가리켰고, 이성민은 머리를 끄덕거렸다.

"먼저 가지. 따라오게."

그 말을 남기고서 위지호연의 몸이 사라졌다.

아니, 사라진 것이 아니라 너무 빨리 앞으로 뛰어나간 것이다. 이성민은 멀찍이 보이는 위지호연의 등을 보면서 헛웃음을 흘렸다.

"씨팔. 나도 마교 소교주로 태어났으면 얼마나 좋아?"

이성민은 투덜거리면서 위지호연의 뒤를 따라 일뢰주법을 펼쳤다.

⛨

"멧돼지, 토끼……."

위지호연은 뒷짐을 지고서 숲속을 걸었다. 그는 산책이라도 나온 것처럼 여유가 흘러넘쳤고, 이성민은 똥 씹은 얼굴을 하고서 위지호연의 곁을 나란히 걷고 있었다.

"몬스터라는 것과 짐승은 다르다…… 라고 했었지?"

"응, 놈들은 짐승처럼 생긴 몬스터야."

숲에 들어오기는 했지만 아직 이성민과 위지호연은 몬스터와 조우하지 못했다.

"놈들은 맛있나?"

뒷짐을 지고서 걷던 위지호연이 물었다. 그 질문에 이성민의 말문이 막혔다.

맛있냐고?

먹어본 적은 없다. 숲에서 출현하는 토끼나 멧돼지는 잡식성이지만 놈들이 처먹는 '잡식'에는 인육도 포함된다. 그렇다 보니 이성민은 놈들을 먹는 것을 시도해 본 적이 없었다. 적어도 제나비스에 있었을 적에는.

"……아마 맛은 없을 거야. 놈들은 근육이 너무 많거든."

"먹어본 적은 없는 모양이지?"

"그건…… 그렇지."

"그렇다면 이 기회에 한번 먹어보자. 내 얼마 되지 않는 취미 중 하나가 식도락이다."

위지호연이 호탕한 웃음을 터뜨렸다.

소천마의 취미가 식도락이었구나.

이것은 전생에서는 알지 못했던 정보다. 그리고 참 쓸 곳이 없는 정보이기도 했다.

"뭔가 있군."

위지호연이 걸으면서 중얼거렸다.

있기는 뭐가 있단 말인가?

이성민이 머리를 갸웃거렸다. 얼마 지나지 않아 수풀이 흔들거리더니 거대한 토끼가 하나 튀어나왔다.

"저것이 네가 말한 그 토끼인가. 참 크구나."

"어……."

위지호연은 조금도 놀라지 않았다. 오히려 그는 두 눈 가득 흥미를 띠고서 토끼를 응시했다. 토끼는 두 귀를 쫑긋거리면서 위지호연을 보고 있었다. 위지호연의 입이 열렸다.

"고놈 참 맛있게 생겼군."

"뭐?"

이성민이 되물은 순간, 위지호연이 출수했다. 길게 뻗은 검지가 앞으로 향했을 때, 토끼의 이마에 구멍이 뚫렸다.

피슉!

상처에서 뒤늦게 피가 뿜어지고 토끼가 비틀거리다가 땅 위에 엎어졌다.

대체 뭘 한 거야?

이성민은 입을 반쯤 벌리고서 위지호연을 바라보았다.

머리로는 무슨 일이 벌어진 것인지 알고 있다. 위지호연이 손을 뻗은 순간 탄지공이 펼쳐졌고, 토끼의 머리가 무형의 공격에 꿰여 버렸다.

탄지공이라니!

전생에서 이성민은 13년간 무공 수련을 하였지만 창에 내공을 두르는 것조차 하지 못했었다. 그런데 탄지공이라니!

'내가 죽을 고생을 하면서 살았던 13년이 13살 먹은 애새끼만도 못하구나!'

그쯤 되니 울고 싶다. 위지호연의 명성은 전생에도 질리도록 들어보았지만 13살 먹은 위지호연의 실력을 바로 옆에서 보고 있으니 가슴이 서럽다.

"먹어볼까."

"……나중에, 나중에……."

이성민은 한탄을 삼키면서 그렇게 중얼거렸다. 위지호연은 입맛을 쩝 다시면서도 이성민의 말을 들었다.

이성민은 비틀거리며 토끼를 향해 다가가 허리 뒤에 차고 있던 단검을 들었다.

"다리 하나면 배가 차겠군."

위지호연이 지나가는 말처럼 중얼거렸고, 이성민은 말없이 토끼 다리를 큼직하게 썰었다. 그러고는 아공간 포켓을 꺼내 그 안에 토끼 고기를 집어넣었다.

"그건 또 뭔가?"

위지호연이 눈을 동그랗게 뜨고 묻는다. 이성민은 아공간 포켓에 대해 설명해 주었고, 위지호연이 감탄성을 흘렸다.

"그것참 신기한 도구로군."

토끼 다리를 집어넣고 나서는 다시 이동을 시작했다. 이성민도 아공간 포켓에서 창을 꺼냈다.

오늘은 매일 습관처럼 하던 사냥을 하지 않을 생각이었지만, 기왕 숲에 오게 되었으니 고블린이나 몇 마리 잡아서 이빨과 피를 뽑아둘 생각이었다.

"너는 창을 쓰는가?"

"응."

"창은 좋은 무기지. 다른 무기에 비해서 비교적 입문하기 쉬우니까."

"……너는 무슨 무기를 쓰지?"

"배우기는 하였지만 쓰지는 않는다. 본교의 교주와 소교주에게만 전해 내려오는 천마신공은 고금제일의 무학이며 그를 익힌다면 육체가 무기를 필요로 하지 않게 되지."

"그런 주제에 무기술은 왜 배운 거야?"

"기틀을 다지기 위해서다."

위지호연의 얼굴이 근엄하게 변했다.

"장병에서 시작해서 단병까지. 세상에 존재하는 모든 무기를 다룰 줄 알아야 그들을 상대할 수 있는 법이다."

13살 먹은 꼬마가 하는 말이다.

빌어먹을 재능충. 누구는 13년 동안 창을 휘두르고서도 이 모양인데, 재능충은 13살에 모든 무기를 다룰 줄 안다고 말하는구나.

"네가 익힌 창법은 무엇인가?"

"추혼창법."

"내가 살았던 중원 무림에도 그런 이름을 가진 창법이 있었지. 그리 대단하지는 않은 무공이었다."

위지호연이 살았던 무림의 추혼창법이 이성민이 익힌 추혼창법과 꼭 같은 무공인 것은 아니다. 당장 에리아에는 무당파 출신의 무림인이 많았지만, 그들이 펼치는 무당의 절기는 모두가 다르다.

"추혼창법, 추혼검법, 추혼도법……. 무림인들은 추혼이라는 말을 왜 이리 좋아하는 것인지 모르겠다. 공통점이 뭔지 아나? 추혼이라는 단어가 들어간 무공이 죄다 별 볼 일이 없다는 것이야."

그렇게 말하는 위지호연의 얼굴에는 자신이 익힌 무공에 대한 자부심이 철철 넘치고 있었다. 그 얼굴을 보니 이성민은 괜스레 또 우울해졌다.

'나쁜 성격은 아닌데…….'

주는 것 없이 미운 놈이라고 해야 할 것이다. 이성민은 어깨를 축 늘어뜨리고서 앞으로 걸었다. 이성민은 평소에 기억하고 있던 대로 고블린의 영역으로 향했다.

물론, 매번 똑같은 영역으로 가는 것은 아니다. 이 숲에서 이성민이 지정해 둔 포인트는 여덟 곳이다.

매번 같은 포인트에서 정찰 나온 고블린을 잡았다가는 아무리 고블린들이 멍청하다고 하여도 일이 심상치 않다는 것을 눈치챌 것이다. 일주일 정도는 매복하고서 고블린을 끌어들이고, 기습하는 방식을 사용했다.

하지만 지금은 그 수준을 졸업했다. 보다 적극적으로 몸을 키우고 창술에 익숙해지기 위해 이성민은 고블린을 상대로는 정면승부를 하고 있었다.

"꾀엑!"

기묘한 일이었다. 영역으로 향하던 중에 토끼와 멧돼지와 줄곧 마주쳤는데, 토끼는 그렇다 치더라도 앞뒤 안 가리고 덤벼드는 멧돼지가 꽁무니가 빠져라 도망친다.

 이성민은 후다닥 도망치는 멧돼지의 엉덩이를 보면서 한숨을 푹 내쉬었다.

 위지호연 때문이다. 이성민은 제대로 느낄 수가 없었지만, 위지호연이 흘려대는 살기가 몬스터들을 도망치게 하고 있었다.

 "슬슬 고블린의 영역인데."

 "네가 말했던 녹색 피부의 난쟁이가 고블린이라고 했었지. 네가 잡을 테냐?"

 위지호연이 물었고, 이성민은 머리를 끄덕거렸다. 창을 꺼내기는 하였지만, 뒤따르는 위지호연이 몬스터를 쫓아내 주고 있는 덕에 이성민은 아직 꺼낸 창을 휘두르지도 못했다.

 "끼익!"

 고블린의 영역에 들어서고 얼마 지나지 않아 고블린 순찰병과 마주쳤다. 세 마리의 고블린이 이성민과 위지호연을 보고서 울음을 흘린다.

 "참 흉측하게도 생겼군."

 위지호연이 등 뒤에서 중얼거렸다. 이성민은 창을 들고서 자세를 잡았다. 위지호연은 나서지 않을 모양이었다.

'소천마 앞에서 창술을 펼치게 될 줄이야.'

고블린과 마주하고 있다는 상황보다는 위지호연이 보고 있다는 것이 이성민을 긴장시켰다.

이성민은 신중하게 발을 끌면서 고블린들을 살폈다. 놈들은 독침을 꺼내지 않고서 위협적으로 쉭쉭거리며 단검을 휘둘렀다.

그 순간, 이성민이 앞으로 튀어 나갔다. 그는 일뢰주법을 펼치면서 속도를 실어 창을 내질렀다.

퍼어억!

가까이 있던 고블린의 가슴에 창이 꽂힌다. 이성민은 내질렀던 창을 회수하고서 창을 잡은 손의 간격을 줄였다.

빠아악!

휘두른 창이 고블린의 머리를 때리고, 그대로 몸을 비틀어 다른 쪽에 서 있던 고블린의 몸에 창을 찍는다. 고블린 세 마리가 순식간에 쓰러졌다.

"……후우!"

깔끔했다.

이성민은 마음속으로 자화자찬을 하면서 히죽 웃었다. 한 달 동안 매일 창을 휘둘렀고 천진심법을 운용했다. 근육도 꽤 붙었으니 한 달 전과는 비교가 힘들 정도로 추혼창법의 운용이 좋아졌다.

"흠."

이성민의 등 뒤에서 위지호연이 턱을 어루만졌다.

"형편없군."

팩트가 칼날이 되어 이성민의 가슴을 헤집었다.

"……뭐라고?"

이성민의 음성이 뾰족하게 솟았다. 그는 홱 하고 몸을 돌려 위지호연 쪽을 돌아보았다. 위지호연은 심드렁한 얼굴을 하고서 이성민을 보고 있었다.

"대체 뭐가 형편없다는 거야?"

어디서 그런 용기가 난 것인지, 이성민은 미간을 찡그리고서 위지호연에게 따지듯 물었다.

전생하고서 무골을 얻었다. 천진심법도 배웠고 매일 무공을 수련했다. 대단치도 않은 경지라는 것은 알고 있지만, 할 수 있는 한 최대의 노력을 했다.

그 노력에 대한 평가가 형편없다니. 이성민은 아랫입술을 잘근 씹고서 위지호연을 노려보았다. 위지호연은 이성민의 시선을 담담히 받아내면서 입을 열었다.

"군더더기가 너무 많아."

우선, 위지호연은 그를 지적했다.

"창은 길다. 창술의 묘용은 그 길이를 어떻게 활용하느냐에 따라 나온다."

위지호연이 손을 들었다. 그는 손가락을 길게 뻗어 이성민이 쥐고 있는 창을 가리켰다.

"하지만 너는 굳이 고블린에게 파고들려고 하더군. 그럴 필요가 없는데 말이야. 신법을 펼칠 필요도 없었다. 다섯 걸음. 다섯 걸음만 움직였더라면, 네 창은 저 고블린이라는 놈들에게 닿을 수 있었다."

"……위력이 부족한 걸 어쩌라는……."

"진정 그런가?"

위지호연이 웃음을 흘렸다.

"저놈들은 외공을 익힌 것도 아니고, 네 창이 무딘 것도 아니었다. 네 근력이 아무리 보잘것없다고 하여도 일점을 찌른다면 꿰뚫을 수 있다. 그것이 창이라는 무기다."

이성민은 반박하지 않고서 위지호연의 말을 들었다. 이성민에게 저런 말을 해주는 것은 위지호연이 처음이었다. 전생에서도 창을 쓰기는 하였지만, 그 누구도 이성민에게 창법에 대해서 알려주지는 않았었다.

"물론 창의 쓰임새가 찌르는 것에만 있는 것은 아니지. 휘둘러 치는 것도 가능하고 찍는 것도 가능하다. 하지만 그럴 필요가 없는 상황에서 창을 그렇게 쓴다는 것이 군더더기가 많다는 것이야."

이성민은 짧게 신음을 흘렸다. 형편없다는 말을 들었을 때는 속이 부글부글 끓었지만, 위지호연이 하나하나 지적하니 반발심이 쏙 하고 들어간다.

"하지만. 군더더기가 넘치기는 하여도 실용적이기는 하군. 자세도 그만하면 되었고…… 날만 쓰는 것이 아니라 창대도 사용한다는 점은 칭찬해 줄 만해. 군더더기가 많은 것은 독학하다 보면 어쩔 수 없는 것이고."

위지호연은 고개를 주억거리면서 평가를 내렸다.

"재능은 나쁘지 않은 것 같아. 스킬이니 뭐니…… 나는 잘 이해가 안 되는 것이지만 어찌 되었든, 한 달 동안 스승 없이 무공을 배웠다는 것 아닌가? 그것을 감안한다면 훌륭하지."

아니, 13년 동안 했는데.

이성민의 어깨가 아래로 축 처졌다.

"……돌아가자……."

이성민은 한숨을 푹 내쉬면서 고블린에게 다가갔다. 고블린의 이빨을 하나 뽑고 피를 유리병에 담는 이성민을 향해 위지호연이 다가왔다.

"돌아가자고? 어디로?"

"나는…… 내가 묵는 여관으로 가야지."

"그럼 나는 어디로 가야 하는가?"

"그걸 왜 나한테 물어봐?"

"너를 따라가면 되는 건가?"

위지호연이 웃으면서 물었다. 그 말에 이성민의 입이 쩍 하니 벌어졌다.

"……나를 따라온다고?"

"이건 어떠냐? 네가 나의 숙식비를 대준다면 내가 너에게 무공을 알려주마."

그 말에 이성민의 정신이 확 하고 뜨였다.

소천마 위지호연에게 무공을 배울 수 있다!

이것은 이성민이 벼르고 있던 투기장의 성령단과 비교가 안 될 정도의 큰 기연이었다.

"무, 무공을 알려주겠다고?"

"아, 천마신공은 안 된다. 이건 마교의 교주와 소교주에게만 전해지는 무공이니까. 이곳에 마교는 없지만…… 그렇다고 하여도 천마신공을 가르쳐 줄 수는 없지."

그런 절세신공은 바라지도 않는다. 아, 물론 가르쳐 준다면 감사합니다 하고 배우겠지만.

"후후! 대단한 기연이지 않느냐. 설마 싫다고 할 셈이냐?"

"아, 아니."

이성민은 꿀꺽 침을 삼켰다. 더 이상 위지호연은 주는 것 없이 미운 13살의 꼬맹이가 아니었다. 이성민이 보기에는 위지호연이 마치 신처럼 보였다.

신이 숟가락에 밥을 떠서 이성민보고 먹으라고 입안으로

밀어 넣어주고 있었다.

"걘 또 누구야?"

식탁을 닦고 있던 루라가 눈을 동그랗게 뜨고서 물었다.

위지호연을 데리고서 여관으로 돌아온 이성민은 멋쩍은 미소를 지으면서 대답했다.

"오늘 소환된 이계인이야."

"위지호연이라고 한다."

위지호연은 루라를 향해 대뜸 말을 놓았다. 이성민보고 누나라 부르라면서 닦달을 하던 루라였지만, 그녀는 위지호연의 얼굴을 빤히 보면서 입을 헤- 벌리고만 있었다.

그럴 만도 했다. 이성민이야 크게 모난 곳 없고 크게 잘난 곳도 없는 평범한 얼굴이었지만, 위지호연은 다르다.

'무공도 잘났고, 배경도 잘났고, 재능도 잘났고, 얼굴까지 잘나다니.'

세상 참 불공평하다니까.

이성민은 투덜거림을 삼켰다. 13살의 위지호연은 장래성이 기대되는 미남이었다. 아직 나이가 어려 체격이 작고 남자다움은 없었지만, 저대로 5년만 지나도 누구나 인정하는 미남이 될 것이다.

"입은 꼴을 보니 무림인이로군."

주방에서 걸어 나온 잭이 중얼거렸다. 그는 이성민을 힐긋 보더니 말했다.

"이 여관에서 묵게 할 생각이냐?"

"아, 예. 방값은 제가 내는 것으로 하고요."

"뭐 상관없지. 방은 많으니까."

이성민이 내야 하는 금액이 많아지기는 하지만, 이성민은 개의치 않았다.

현재 이성민은 이 여관에 장기간 숙식하는 것으로 1만 에르를 내고 있었다. 본래 이 여관의 숙박비는 2만 에르였지만, 여관 주인인 잭이 이성민에게 호의를 가진 덕에 절반의 숙박비만 받는 것이다.

"숙박비는 2만 에르다. 네 것까지 포함한다면 3만 에르로군. 그래도, 뭐. 네 얼굴을 봐서 2만 5천 에르로 해주마."

"감사합니다!"

잭이 선심을 쓰자 이성민은 함박웃음을 지으면서 머리를 끄덕거렸다.

그 뒤에는 위지호연을 데리고서 방으로 올라갔다. 마침 이성민의 옆방이 비었기 때문에 그 방을 위지호연이 쓰기로 했다.

"우선, 네가 무엇을 배우고 싶은지를 알아야겠어."

위지호연은 자신의 방으로 들어가지 않고서 이성민의 방에 함께 들어왔다. 그는 침대 위에 털썩 앉더니 이성민의 얼굴을 응시했다.

"네가 익힌 무공을 말해봐라."

"……심법으로 천진심법. 신법으로 일뢰주법. 외공으로 석파권장과 철피강골. 창법으로 추혼창법."

"외공은 뭐 그렇다고 치고. 천진심법의 구결은?"

위지호연의 요구에 이성민은 침대 매트리스를 위로 들춰 그 아래에 숨겨두었던 천진심법을 꺼냈다.

위지호연은 이성민에게서 천진심법을 받아 책장을 넘겼다. 잠시간 천진심법의 구결을 확인하던 위지호연이 혀를 끌끌 찼다.

"역시. 대단할 것은 없는 심법이야. 그나마 다행인 것은 다른 심법과 병행해서 익힐 수 있다는 것인데…… 흐음."

위지호연의 미간이 찡그려졌다.

"너는 어떤 무공을 익히고 싶으냐?"

위지호연이 물었다.

"나는 많은 무공을 알고 있다. 모두 다 익힌 것은 아니지만 구결은 외우고 있어. 모두가 절정 이상의 무공이니, 뭘 가르치든 지금의 너한테는 도움이 될 거다."

"……으음……."

이 기연을 어떻게 활용해야 할까.

이성민은 잠시 생각에 잠겼다.

우선 심법을 보강하고 싶었다. 당장 이성민이 익히고 있는 천진심법은 전생에 익혔던 영능심법보다 나은 심법이었지만, 위지호연이 더 나은 심법을 가르쳐 준다면 얼마든지 갈아탈 용의가 있었다.

'창법…… 은…… 아니야. 당장 부족한 것은 내공이니까.'

다행히도 마음에 두고 있는 것이 있었다. 이성민은 숙이고 있던 머리를 들어 위지호연을 보았다.

"심법을 배우고 싶어."

"그럴 줄 알았다."

위지호연이 낄낄거리면서 웃었다.

"네가 익힌 천진심법은 그리 대단한 심법이 아니야. 고작해야 일류의 심법이고, 내 머릿속에는 그보다 나은 심법이 몇십 개는 있다. 일류 무공과 절정 무공의 차이가 무엇인지 아느냐?"

"……심득?"

"오답은 아니지만 정답이라고 할 수도 없군. 심득이라는 것은…… 참 애매한 것이지. 일류 무공과 절정 무공의 차이는 '친절함'이다. 몇십, 몇백 년 동안 뛰어난 기재들에 의해 보완

되어 완성된 것이 절정 무공이다. 나중에 익히는 놈이 보다 쉽게, 보다 빠르게 배우고 성장할 수 있도록 친절함이 가득 들어가 있지."

그 말은 이성민도 공감할 수 있었다.

"자하신공(紫霞神功)이면 되겠군. 천마신공과는 비교가 안 되지만 자하신공 역시 신공이라 불릴 값어치는 하는 무공이다. 내공이 쌓이는 속도도 빠르고, 꾸준히 익힌다면 검기지경(劍氣之境)까지도 무난히 입문할 수가 있어."

위지호연은 그렇게 말하고서는 자하신공의 구결을 불러주었다. 잠자코 듣던 이성민이 대뜸 손을 치켜들었다.

"왜 그러냐?"

"……못 외우겠어. 적어주면 안 될까……?"

이성민이 쓴웃음을 지으면서 말했다. 위지호연이 끌끌 혀를 찼다.

"암기력이 부족하군."

그렇게 말을 하면서도 위지호연은 이성민에게서 펜과 수첩을 건네받더니 자하신공의 구결을 적어주었다.

"왜 창법을 알려달라고 하지 않은 거냐?"

자하신공의 구결을 적으면서 위지호연이 물었다.

"나에게 부족한 것은 내공이니까."

"마치 창법은 부족하지 않다는 것처럼 말하는군."

"부족하기는 하지만…… 지금 익히고 있는 창법도 제대로 소화하지 못하는데. 이보다 나은 것을 배운다고 하여도 소화해 낼 자신이 없어."

"그것은 현명하구나. 네가 창을 휘두르는 것은 잠깐 보았을 뿐이지만…… 지금 네 수준에서 더 나은 창법을 배워봤자 돼지 목에 진주 목걸이일 뿐이야."

팩트로 얻어맞으니 너무 아팠다. 한 시간 동안 자하신공의 구결을 적던 위지호연이 드디어 펜을 내려놓았다. 이성민은 위지호연이 건넨 수첩을 양손으로 공손히 받았다.

'……다른 무공도 알려달라고 할까?'

자하신공의 구결을 읽으려는 순간, 이성민의 마음속에 그런 욕심이 일었다.

이유는 정확히 알 수가 없었지만, 위지호연은 이성민에게 호의를 가지고 있었다. 지금도 그렇다. 자하신공. 이것은 천진심법 따위와는 비교가 안 되는 신공절학이다.

만약 에리아에 자하신공의 무공서가 떠돈다면 그를 욕심내는 자들에 의해 피바람이 불 것이다. 그런 절세신공을 위지호연은 숙박비 따위를 대가로 하여 넘긴 것이다.

위지호연과 이성민의 눈이 마주쳤다.

안 된다.

13년간 눈칫밥을 먹어 오면서 쌓았던 이성민의 눈치가 더 이상 요구해서는 안 된다고 경고해 주었다.

"······고마워."

"나로서는 받은 것에 대해 정당한 대가를 지불했을 뿐이다. 뭐, 생애 처음 생긴 친구니까 덤도 넉넉하게 쳐주었지만."

위지호연은 그렇게 말하면서 해맑게 웃었다.

"만약 네가 나한테 다른 것을 더 요구하였더라면 나는 너에게 실망했을 거야."

위지호연이 덧붙였다.

"그건 친구가 아니라고 생각하거든."

　비교적 명확하게 기억하고 있는 어린 시절부터 위지호연은 마교의 소교주에 걸맞은 교육을 받아왔다.

　기억하고 있는 것은 책장이다. 무공서가 가득 꽂힌 책장.

　무언가를 읽고 쓰고 기억하는 것이 가능해진 시점부터 위지호연은 거대한 무공 서고 안에서 살게 되었다.

　위지호연의 아버지이자 마교의 정점에 선 위대한 교주는 자신의 하나뿐인 자식에게 애정을 주기보다는 가혹한 교육을 강요했다.

　읽고 외우고, 읽고 외우고.

　그것을 끝없이 반복했다.

　기틀을 다진다는 명목 아래에 장난감이 아닌 무기를 쥐었고, 익숙함을 얻기 위해 무언가를 죽이는 행위를 교육받았다.

처음에는 벌레, 그다음에는 쥐, 토끼…… 그리고 사람까지.

가끔 아버지인 교주가 찾아왔다. 교주는 위지호연의 무공을 봐주었고 위지호연에게 영약을 먹였다.

교주가 원하는 것은 사랑스러운 자식이 아닌, 천하를 오시할 수 있을 차기 마교의 교주였다.

위지호연은 그런 교주의 바람에 걸맞게 최선을 다했다.

그것은 교주가 제공한 절세적인 영약과 마교가 가진 절세 신공들, 그리고 위지호연이 타고난 천재적인 자질이 어우러졌기에 가능한 일이었다.

10살이 되고 나서야 위지호연은 서고에서 나올 수 있게 되었다. 그 시점의 위지호연은 이미 살인에 익숙했고, 마교가 가지고 있는 고금제일의 무학인 천마신공을 익힐 기반을 마련한 상태였다.

그 후로 3년. 위지호연은 차기 교주가 되기 위해 천마신공을 수련했다. 위지호연이 가지고 있는 과거의 기억은 그것이 전부였다.

위지호연의 주변에…… 사람은 없었다. 위지호연의 주변에 있었던 것은 신과 다름없는 교주와 명령에 복종하는 시비들뿐이었다.

'친구.'

그것은 위지호연에게 있어서 낯설기 짝이 없는 단어였다.

살아오면서 친구라는 것을 곁에 둔 적은 없었다. 거대한 마교의 안에서 위지호연과 친구가 될 수 있는 자격을 갖춘 이들은 아무도 없었다.

'첫 친구.'

위지호연은 창밖을 내려다보았다. 중원 무림에서라면 거들떠보지도 않았을 녀석이다. 아니, 애초에 마주칠 일이 없었을 것이다.

하지만 이곳에서는 다르다. 이 세계에는 마교가 없다. 신과 같던 교주도 없다. 위지호연을 억압하던 것들은 아무것도 존재하지 않는 곳이 '에리아'라는 세상이다.

그렇기에 위지호연은 마교로 돌아가고 싶다는 생각을 하지 않고 있었다. 위지호연에게 있어서 이 세상은 그가 조심스레 바라왔던 자유가 가득한 세상이었다.

돌아가고 싶지 않다.

위지호연이 에리아에 소환되고서 한 달이 지났다. 그 한 달 동안 잠들기 위해 누우면서, 자고 일어나 눈을 뜨면…… 이 모든 것이 꿈이 아닐까 하는 걱정을 했다. 그리고 잠에서 깨어났을 때는 꿈이 아니라는 사실에 안심했다.

"……안타깝군."

위지호연은 입술을 열어 중얼거렸다. 그는 풀어 헤친 머리를 틀어 올려 묶으면서 한숨을 내쉬었다.

"재능이 없어."

위지호연은 창밖을 내려 보면서 중얼거렸다. 여관 뒤뜰에서는 이성민이 땀을 뻘뻘 흘리면서 창을 휘두르고 있었다.

자하신공은 마교가 가지고 있는 무수히 많은 무공 중에서도 손에 꼽히는 절세신공이다. 천마신공과는 비교가 안 되지만, 자하신공 하나를 제대로 익힌다면 한 지역의 패주로 군림하는 것도 어렵지 않은 일일 것이다.

하지만 모든 신공절학이 그러하듯, 자하신공 역시 천재를 위한 무공이다. 위지호연이 말했었다. 일류 무공과 절정 무공의 차이는 친절함에 있다고. 하지만 그 친절함이라는 것은 범인(凡人)을 위한 것이 아니다.

애초에 신공절학을 익혀 고수의 반열에 오르는 이들은 모두가 어린 시절 천재라는 소리를 숱하게 들었던 이들이다. 절정 무공이 내포하고 있는 친절함보다 더한 것이 신공절학이고, 자하신공 역시 그것에 포함된다.

천재를 위한 무공.

천재라면 그 친절함을 친절함으로써 받아들일 수 있겠지만, 범인에게는 아니다.

위지호연이 보는 이성민은 천재와는 거리가 먼 인간이었다.

그것은 이성민도 잘 알고 있었다.

한 달 동안 자하신공을 익혔다. 스킬로써 익힌 구결은 머릿속에 확실히 박혀 있었고, 매번 그것을 외우면서 운기조식을 했다.

전생에서 이성민은 신공절학을 익혔던 적이 없다. 그가 익혔던 것은 이류 내공심법인 영능심법이었다.

처음에는 기대를 품었다. 신공절학을 익히게 되었으니 빠르게 강해질 수 있을 것이라는 기대. 그러나 그 기대가 박살나는 것에는 그리 오랜 시간이 걸리지 않았다.

생각해 보면 당연한 일이었다. 이류 내공심법인 영능심법도 13년을 매달렸는데 8성에 그쳤다.

자하신공. 이것은 틀림없는 신공절학이었지만 이성민에게는 맞지 않는 옷이었다.

'나는 천재가 아니야.'

이성민은 거친 호흡을 가다듬었다. 자하신공의 내공이 전신으로 퍼져 나간다. 지쳤던 근육이 숨을 돌리고 호흡이 안정된다.

자하신공의 성취는 이성민이 기대했던 것보다 훨씬 더뎠다.

친절함……. 그 친절함은 이성민에게 있어서는 불친절함이었다. 그는 천재가 아니었기에, 자하신공이 가진 천재를 위한 친절함을 이해할 수가 없었다.

자하신공을 수련하는 한편, 이성민은 추혼창법에 매달렸다. 자하신공이 이성민에게 맞지 않는 옷이라고 한들, 추혼창법은 자하신공과 결합되어 큰 진전을 보았다.

여전히 내공이 부족하기는 했지만, 자하신공의 내공 조율은 영능심법이나 천진심법과는 비교가 안 될 정도로 뛰어났다.

"내공을 늘릴 방법은 없는 거야?"

이성민은 숨을 돌리면서 물었다. 방에서 내려와 그늘 가에 앉아 있던 위지호연에게 하는 질문이었다.

"영약."

위지호연이 대답했다.

"내공을 폭발적으로 늘리고 싶다면 영약을 먹는 것이 가장 빠르지."

그것이 유일한 정답이라는 것은 이성민도 잘 알고 있었다. 다만, 혹시나 하는 기대를 품고서 질문했던 것뿐이다.

"내공을 올리는 것에 영약 외의 편법은 없다. 그나마 다행인 것은…… 이 세계에 기가 무척이나 풍부하다는 것이야. 보통 내공의 크기를 말하는 것에 '갑자'라는 단어를 쓴다. 1갑자의 내공. 즉, 60년분의 내공이라는 것이지."

위지호연은 그렇게 말하면서 쿡쿡거리며 웃었다.

"1갑자의 내공을 얻기 위해서는 60년 동안 내공 수련을 해야 한다는 말이다. 그 시간을 줄이기 위해 존재하는 것이 상승의 내공심법이고 영약이지."

결국은 성령단을 얻는 것을 목표로 잡아야 한다는 것이다. 성령단을 먹어서 얻을 수 있는 내공이 얼마나 될지는 모르겠지만, 먹는다면 내공이 부족한 지금의 처지를 상당 부분 개선할 수 있을 것이다.

"오늘도 숲으로 갈 것이냐?"

위지호연이 묻는다. 이성민은 담벼락에 걸어두었던 수건을 들어 이마를 타고 흐르는 땀을 거칠게 닦아냈다.

"응."

"돈을 벌어야 하니까?"

"응, 너는 안 갈 거지?"

처음의 위지호연은 사냥터에 굉장한 관심을 보였었다. 하지만 일주일이 지난 시점에서부터 위지호연은 사냥터에 흥미를 잃었다.

사냥터라고 해봐야 숲이고 출현하는 것은 토끼와 멧돼지 따위. 그러다 가끔은 곰.

조금 더 깊이 들어간다면 고블린과 오우거의 영역이 나온다. 하지만 이성민이 주로 다니는 것은 고블린의 영역이었다. 지금이라면 오크 쪽도 건드릴 수 있을 법하였지만, 이성민은 당장은 크게 무리하지 않고 있었다.

숲으로 향하는 것은 돈을 벌기 위한 이성민의 일과 중 하나였지만, 위지호연과는 관련이 없는 일이었다. 처음에는 흥미를 가지고 있었어도 일주일이나 똑같은 일과를 반복하는 것에 위지호연은 질려 버렸다.

대신에 위지호연은 다른 것에 취미를 붙였다. 이성민이 숲으로 사냥을 간 동안 위지호연은 제나비스를 돌아다녔다.

"오늘도 도서관에 갈 생각이다."

위지호연은 그렇게 말하면서 이성민에게 손을 내밀었다. 이성민은 한숨을 푹 내쉬면서 지갑에서 1만 에르를 꺼냈다.

"지난번에 준 건 다 쓴 거냐?"

"사흘이나 지났는데 당연하지."

위지호연이 웃으면서 대답했다.

이성민은 벌이가 없는 위지호연에게 돈을 주고 있었다. 솔직히 아깝다는 생각은 들지 않았다. 위지호연이 매일 무공을 봐주는 것만 해도 이성민에게 있어서는 큰 도움이 되었기 때문이다.

위지호연을 내버려 두고서 이성민은 잭의 여관을 떠났다. 그리고 일뢰주법을 펼쳐 사냥터로 뛰어갔다.

자하신공의 성취가 더디긴 하여도 내공은 확실히 늘었다. 그것보다는 내공을 효율적으로 쓸 수 있게 되었다. 한 달 전에는 10분 전력 질주만으로도 내공이 바닥났지만, 이제는 적당히 여유를 가지는 것도 가능했다. 그렇다고 잭의 여관에서 사냥터까지 멈추지 않고 경공을 쓸 수 있는 것은 아니었지만.

시체.

이성민은 시체를 물끄러미 내려 보았다. 숲에서 시체를 본 것은 이번이 처음이 아니다. 숲의 초입은 조금 덜하지만 숲이 깊어짐에 따라 시체의 출현 빈도는 늘어난다.

발견되는 시체의 대부분은 노 클래스다.

무림인과 마법사는 고블린과 오크들을 상대로 제 한 몸을 지킬 여력을 갖추고 있고, 그들은 제나비스에서 길게 머무르지 않는다. 제나비스에서 머물러 봤자 푼돈밖에 만질 수 없다는 것을 잘 알고 있기 때문이다.

본래의 세계로 돌아갈 수 있는 방법이 없는 이상, 비렁뱅이 같은 처지를 개선하기 위해서는 제나비스를 떠나 더 큰 도시로 향해야 한다. 제나비스 근처에서 고블린이나 오크 따위를 때려잡아 봐야 벌 수 있는 돈은 별 볼 일 없기 때문이다.

하지만 노 클래스는 다르다. 사실 이것은 노 클래스에게 있어서는 잔혹한 악순환이었다.

그들은 이 도시를 떠날 힘을 비축할 방법이 거의 없다시피 하였기 때문에 제나비스에 긴 시간 머무르면서 졸업을 위한 준비를 갖춘다.

돈을 긁어모아 무공서를 구입하고, 마법을 익히고. 혹은 단순히 체술을 연마하든가.

단기간에 되는 것은 아니다. 전생에서의 이성민도 제나비스에서 3년 동안 살았었다.

'이건…… 인간이 한 짓이군.'

고블린의 영역까지는 아직 거리가 조금 남았다. 이성민은 몸을 낮춰 시체를 살펴보았다.

시체는 둘. 상흔은…… 칼인가.

일단 눈으로 보기에는 그랬다.

'무기도 없고. 품속을 뒤졌어. 고블린 정찰병이 여기까지 나왔을 리도 없고…… 사람이야.'

짚이는 것이 있었다. 이성민은 전생의 기억을 떠올렸다.

그게 이 시기였던가?

이성민의 눈썹이 찡그려졌다.

전생에 제나비스에는 잠깐 동안 '노 클래스 사냥'이라는 것이 유행했었다. 노 클래스 사냥은 그리 길게 이어지지 않았다. 아마…… 일주일 정도쯤이었을 것이다. 고블린의 영역까지 진입한 노 클래스들을 '누군가'가 사냥했다.

목적은 노 클래스가 가지고 있는 돈과 장비였다. 노 클래스 사냥을 벌인 놈이 누구인지는 모르겠지만, 놈은 노 클래스만을 집요하게 노리면서 희생자들의 금품을 갈취하고 장비를 빼앗았다.

"쯧."

이성민은 혀를 차면서 몸을 일으켰다. 전생에서 노 클래스 사냥이 벌어졌을 때, 이성민은 고블린 영역까지는 진출하지도 못했었다.

'재수가 없어.'

우선 이 자리를 피한다. 시체의 피가 아직 굳지 않았다.

바스락.

이성민의 어깨가 움찔 떨렸다.

'밝은 귀'.

두 달 동안 숲에서 몬스터를 잡으면서 얻은 스킬로, 숲 안에서 청각의 강화를 얻게 되는 스킬이다.

'재수가······.'

없다.

이성민은 망설임 없이 앞으로 뛰어나갔다.

달린다.

이성민은 뒤를 돌아보지 않았다. 밝은 귀 스킬로 들었던 '바스락'거리는 소리. 그 소리의 주인에 대한 확신은 없다. 어쩌면 이 숲에서 질리게 보았던 토끼, 혹은 멧돼지······ 그런 놈들일지도 모른다.

그게 뭔 대수냐. 시체를 보았다. 노 클래스 사냥의 희생양이 된 시체를 봤단 말이다.

 이성민은 스스로를 과신하지는 않았다. 자신감이란 것도 쥐뿔이라도 가진 놈이나 품는 것이다.

 등 뒤에서 소리가 가까워진다. 몬스터의 소리는 아니다. 토끼가 뛰는 소리, 멧돼지가 뛰는 소리. 그 둘 중 무엇과도 닮지 않았다.

 발이…… 가볍다. 고블린도 아니고 오크도 아니다. 가벼우면서도 빠른, 점점 다가오는.

 인간.

 이건…… 경공인가?

 달려 나가는 이성민의 얼굴이 일그러졌다. 그냥 뛰는 것이 아니다. 애초에 그냥 뛰는 속도라면 이성민이 펼치는 일뢰주법을 쫓아올 수가 없다.

 '노 클래스 사냥을 하던 놈이 무림인이었나?'

 좋지 않아.

 재수가 없다. 어느 순간 '쉭' 하는 소리가 났다. 뛰는 소리가 아니다. 이건…… 출수다.

 이성민은 망설임 없이 몸을 던졌다. 뛰던 채라 가속이 붙어 이성민의 몸이 부웅 날았고.

 쐐액!

 뒤에서 쫓아오던 놈이 던진 단검이 이성민의 몸을 아슬하게 스치고 지나갔다.

"콰당탕!"

급하게 낙법을 펼치기는 했지만 몸을 제대로 주체하지 못하고서 땅 위를 데굴데굴 굴렀다.

"후욱!"

이성민은 거칠어진 숨을 내뱉고서 벌떡 몸을 일으켰다.

"무림인이었군."

사냥꾼이 중얼거렸다. 그는 키는 그리 크지 않았지만, 수수깡처럼 마른 몸을 한 사내였다. 양 뺨이 움푹 들어가고 눈 밑이 시커멓게 죽었다.

"그렇게 안 보였는데……."

잘못 골랐어.

남자가 눈썹을 찡그리면서 중얼거렸다. 그렇게 말하는 주제에 물러설 생각은 없어 보였다.

'뭐 하는 새끼야……?'

이성민은 겁에 질린 표정을 연기했다. 그런 표정을 지으면서도 이성민은 스스로에게 냉정함을 강요했다.

도망치는 것은…… 무리다.

하지만 몇 가지 사실을 깨달을 수 있었다. 사냥꾼의 경공은 그리 뛰어난 편이 아니다. 놈의 경공이 뛰어난 편이었다면 암기 따위는 던지지 않았을 것이다. 오히려 뛰어서 제압했겠지.

암기에 자신이 있어 보이지도 않는다. 이성민은 단검을 던지는 소리를 '들었고', 날아온 단검을 '피했다'.

'삼류(三流)야.'

이성민이 겪었던 전생. 일주일 동안 고블린 영역을 떠돌면서 노 클래스를 사냥했던 사냥꾼이 고작해야 삼류 무인이라니.

하지만 삼류라고 해서 우습게 봐서는 안 된다. 충동적인 살의도 칼 한 자루 쥔다면 살인으로 만드는 것이 인간이다. 인간의 몸은 그렇게도 나약하다.

삼류 무인이라고 하더라도 사람 죽이는 기술을 제대로 배운 놈이다. 사람을 죽이는 것에 망설임을 갖지 않는다. 무기를 휘두르는 것에 망설임을 갖지 않는다. 무공이라는 것은 결국 효율 좋은 살인법일 뿐이다.

몬스터와 싸우는 것에 그리 익숙하지도 않고, 몬스터가 아닌 사람을 죽이는 것에는 당연한 거부감을 가지는 것이 노 클래스다.

그런 노 클래스들에게 있어서…… 무기를 휘두르고 사람을 죽이는 것에 망설임을 갖지 않는 삼류 무인은 악귀와도 같은 존재다.

하지만 이성민에게는 아니다.

'삼류…… 할 수 있을까?'

이성민은 천천히 양손을 들어 올렸다. 적의가 없다는 것을 보여준다. 이성민을 보던 사냥꾼의 눈썹이 씰룩거렸다.

"뭐 하자는 거냐?"

"저, 저는 죽고 싶지 않아요."

이성민이 머뭇거리는 목소리를 냈다. 그는 울상을 지었고, 14살의 어린 모습은 그런 표정이 썩 잘 어울렸다.

"죽고 싶어 하는 사람은 없지."

사냥꾼이 중얼거렸다. 그는 허리에 걸고 있던 검을 뽑았다.

"누가 죽고 싶어 하겠어?"

부웅.

사냥꾼이 검을 한 번 휘두른다. 칼날이 허공을 베는 소리가 크게 났다. 상대를 위협하는 소리다. 이성민은 '꿀꺽' 하고 소리 내서 침을 삼켰다. 이 역시 들으라고 하는 행위였다.

"사, 살려주신다면."

이성민은 허리춤에 매어두었던 아공간 포켓을 들어 올렸다. 사냥꾼의 눈이 가늘어졌다.

"이걸…… 드릴게요."

"뭐냐, 그건."

사냥꾼이 물었다. 이성민은 아공간 포켓을 열었다. 이성민은 사냥꾼의 움직임을 살피면서 아공간 포켓 안에 손을 집어넣었다.

이성민이 꺼낸 것은 조립식의 장창이었다. 오크와의 싸움에서 창이 부러져 새로 구입한 창이다.

철컥!

이성민은 사냥꾼이 보는 앞에서 창을 조립했다.

"……그게 대체 뭐야?"

사냥꾼의 입이 살짝 벌어졌다. 강퍅한 얼굴에 놀람의 감정이 짙다. 사냥꾼을 놀라게 한 것은 조립식 장창이 아닌, 저것을 꺼낸 아공간 포켓이었다.

고작해야 주먹 두 개를 붙여놓은 것 같은 크기인데, 저 안에서 창이 튀어나왔으니 놀랄 만도 했다.

"아공간 포켓이라는 거예요. 이걸 드릴 테니까…… 살려주시면 안 될까요?"

"너를 죽이고서 뺏으면 되는 일 아닌가?"

새끼, 생각하는 방식이 엄청 합리적이네.

이성민은 그런 생각을 하면서도 겁에 질린 표정은 풀지 않았다.

아공간 포켓을 못 알아봤다. 놈은…… 이 세계에 대한 이해도가 부족하다. 정확하게 말하자면, 아공간 포켓의 원리인 '마법'에 대한 이해가 부족하다.

"이, 이 포켓에는 마법이 걸려 있어요. 제가 죽는다면 더 이상 기능하지 않아요."

"나보고 그 말을 믿으라고?"

"사실이라구요……!"

이성민이 울상을 지으면서 외친다. 사냥꾼은 이성민의 말의 진의를 판가름할 수가 없었다.

이성민이 추측하였듯, 그는 마법에 대해서는 문외한이었다. 이 세계가 어떤 방식인지에 대해서는 대강 이해를 하였고, 몬스터를 잡는 것보다 무능력한 인간을 잡아 놈들이 가진 것을 빼앗는 것이 이득이라는 것은 알았다. 그래서 이 근처를 떠돌면서 약해 보이는 놈들을 습격해 죽였다. 그것이 전부다.

마법? 뭐냐, 그건.

"……이쪽으로 가지고 와."

사냥꾼이 턱을 까닥거리면서 말했다.

"창은 내려놓고."

사냥꾼이 덧붙였다.

역시나, 그러시겠지.

이성민은 한 손에 쥐고 있던 창을 아래로 내려놓았다. 여기까지는 이성민의 노림수였다. 아공간 포켓의 능력을 보여주는 것으로 사냥꾼의 관심을 끈다. 그 안에서 창을 꺼내 아공간 포켓의 능력을 증명한다. 그리고 창을 보여주었다. 무기인 창을.

"가까이 와."

사냥꾼이 명령했다. 이성민은 다리를 후들후들 떨면서 잔뜩 겁에 질린 표정을 지었다. 14살의 어린 모습을 하고 있는 것이 지금 이 순간은 다행이라고 여겨졌다.

먼저 꼬리를 말았다. 목숨을 살려달라고 빌었고, 그 대가로 아공간 포켓을 주겠다고 했다. 무기인 창도 바닥에 내려놓았다. 그렇게 방심을 유도했다.

할 수 있을까?

떨리지 않는 것은 아니다. 냉정을 되뇌고 있지만 수가 틀린다면 이쪽이 죽는다.

도주가 불가능한 이상 이성민이 선택할 수 있는 것은 하나뿐이었다. 상대를 죽이는 것.

방법을 선택해야 한다.

정면승부?

안 된다. 이성민은 스스로를 과신하지 않았다. 자하신공의 성취는 아직 1성이고 익히고 있는 외공은 아직 무르익지 않았다.

내공?

부족하다. 제대로 창을 들고 싸운다면…… 조금은 버티겠지. 하지만 이길 수는 없다.

전생에서 이성민의 경지는 이류. 상대는 삼류. 만약 전생의 몸뚱이를 들고 왔더라면 이런 수작질을 부릴 것도 없이 정면에서 싸워 이길 수 있을 것이다.

하지만 지금은 불가능하다. 이성민의 육체는 아직 완전히 성장하지 않았다. 두 달 동안 근력을 키웠다고는 해도 성인 남성과는 비교가 안 된다.

그 차이를 내공으로 보완하는 것도 불가능하다. 삼류 무인이라고 해도 지금의 이성민보다는 내공이 많을 것이다. 그도 그럴 것이, 지금의 이성민은 내공심법에 입문한 지 두 달밖에 안 되었기 때문이다.

그 대신, 이성민에게는 경험이 있었다. 13년 동안 살아온 경험은 지금 같은 상황에서는 굉장히 요긴했다.

어린아이의 외견은 거짓말을 그럴듯하게끔 만들어준다. 어리다는 이유만으로 상대는 방심하게 된다.

거리가 가까워진다. 이성민은 조금 더 가까이 다가갔다.

"잠깐. 거기서 던져."

사냥꾼이 내뱉었다. 놈도 아주 등신은 아니었다. 이성민이 단순한 노 클래스였다면 사냥꾼이 경계하지는 않았을 것이다.

'처음부터 도망치지 말 것을 그랬나? 아냐, 지금 와서 생각해 봐야 늦었지.'

이성민은 걸음을 멈추고서 왼손으로 아공간 포켓을 들었다. 오른손은 아래로 내렸다. 그리고 아공간 포켓을 휙 던졌다.

조금 높게, 그리고 조금 옆으로.

사냥꾼이 반응했다. 그는 오른손을 위로 크게 들었고, 상체를 옆으로 기울였다. 대각선 방향으로 던진 아공간 포켓을 잡기 위해서였다.

놈이 그렇게 움직였을 때, 아래로 내렸던 이성민의 오른손은 허리에 감은 벨트에 가 있었다. 투척용 단검이 이성민의 손에 쥐어졌다.

파악!

단검이 앞으로 쏘아졌다. 아공간 포켓을 잡던 사냥꾼이 흠칫 놀라 허리를 크게 비틀었다. 단검이 사냥꾼의 허리를 아슬하게 스치고 지나갔고, 이성민의 단전에서 내공이 끓었다.

자하신공이 운용되었다.

파악!

이성민은 일뢰주법을 펼쳐 앞으로 튀어 나갔다. 사냥꾼은 무너진 자세를 잡느라 검을 휘두를 여유가 없었다.

이성민은 허리 뒤에 차고 있던 단검을 뽑아 사냥꾼의 품 안으로 파고들었다.

"이 개새……!"

사냥꾼이 고함을 질렀다. 지르려 했다. 놈의 품 안으로 파고든 이성민은 망설임 없이 단검을 크게 휘둘렀다.

"크악!"

사냥꾼이 비명을 지른다. 놈은 급히 걸음을 뒤로 물리는 것으로 치명상을 피했지만, 이성민이 휘두른 단검은 놈의 복부를 얕게 베고 나갔다.

"죽어!"

사냥꾼이 악을 썼다. 놈은 복부에서 피를 흘리면서도 오른손에 잡고 있던 검을 크게 휘둘렀다. 그러자 이성민은 생각할 것도 없이 몸을 앞으로 바짝 붙였다.

이 거리. 뒤로 피해서는 안 된다. 안으로 파고들어야 한다.

검이라는 무기는 아무리 팔의 자세를 바꿔보았자 가슴 앞에 바짝 붙은 것은 베어낼 수 없는 무기다. 칼을 바꿔 쥐어 내리찍는다면 모를까.

삼류 무인이라는 것은 이런 놈들이다. 임기응변이 부족하다. 당황을 추스르지 못한다. 상대를 제대로 파악하지 않는다.

푸욱.

힘을 주어 찌른 단검이 놈의 왼쪽 가슴에 꽂힌다. 늑골 사이를 파고들고서 들어간 단검은 그 안에서 힘차게 뛰던 심장을 꿰뚫었다.

사냥꾼의 몸이 바르르 떨렸다. 놈의 턱이 힘없이 아래로 내려왔고, 목구멍을 타고 올라온 피가 턱을 타고서 흘러내렸다.

"으…… 으어어……."

"……후우."

이성민은 삼켰던 호흡을 내뱉으면서 단검을 뽑았다. 왼손으로 사냥꾼의 가슴을 밀쳐 뒤로 넘어뜨린다.

땅 위에 누운 놈이 움찔거리다가 추욱 처졌다. 이성민은 단검에 묻은 피를 털어내면서 몸을 숙였다. 그러고는 사냥꾼의 품을 뒤졌다.

"……새끼. 많이도 해 처먹었네."

21만 에르를 벌었다.

 생각해 보면 허무하기 짝이 없는 일이었다. 전생에서 제나비스의 노 클래스들을 일주일 동안 학살하던 사냥꾼이 고작 삼류 무인이었다니.

 이성민은 피거품을 물고 죽어 있는 사냥꾼을 내려 보았다. 놈의 이름은 모른다. 앞으로 평생 알 일도 없을 것이다. 싸워 본 소감은…….

 '자칫하면 내가 죽었어.'

 그것이 이성민의 현실이었다. 과거로 회귀했다. 위지호연과의 만남을 통해 신공절학인 자하신공을 배웠다. 그럼에도…… 이성민은 삼류 무인을 죽이는 것에 목숨을 걸어야만 했다.

 어쩔 수 없는 현실이었다. 자하신공이라는 신공절학을 익혔어도 없던 재능이 생겨나는 것은 아니다. 신공절학을 받아들이고 이해하는 것은 이성민에게는 불가능에 가까운 일이었다.

"빌어먹을."

이성민은 욕설을 내뱉으며 손에 묻은 피를 사냥꾼의 옷에 벅벅 문질러 닦았다. 뒈진 사냥꾼은 이성민이 던졌던 아공간 포켓을 꽉 잡고 있었다.

이성민은 아공간 포켓을 챙기고서 사냥꾼이 쥐고 있던 검을 빼앗았다.

크기가 커서 아공간 포켓에는 집어넣을 수 없었다. 이성민은 검을 챙기고, 사냥꾼의 품을 한번 뒤져 보았다.

21만 에르 외에는 아무것도 없었다. 혹시 무공 비급이라도 들고 있는 것이 아닐까 기대했었는데, 그런 것도 없었다.

'하긴. 무공 비급이 있어봤자 뭐 해. 내 코가 석 자인데······.'

자하신공 하나에 매달리는 것만으로도 벅차다. 심득 없이 형만을 추구하는 추혼창법도 제대로 사용하지 못하고 있다. 여기서 무공 몇 개를 더 익힌다면······ 체할 것이다.

이성민은 사냥꾼의 시체를 내버려 두고서 숲을 떠났다. 사람을 죽였다는 것에 큰 거부감은 들지 않았다. 그런 것쯤은 이미 전생에서 익숙해졌다.

이성민이라고 해서 상대를 무조건 죽이려 드는 것은 아니다. 하지만 상대가 자신을 죽이려 들고 놈을 죽여야만 해결이 가능한 사태라면, 죽일 수밖에 없지 않은가.

기분은 그리 좋지 않았다. 씁쓸한 기분이…… 길다. 제나비스의 노 클래스가 얼마나 나약한지 제대로 실감을 해버렸다. 고작 저 정도 수준의 삼류 무인에게 대체 몇십 명이 죽었던가.

'사냥꾼이 활동했던 것은 일주일. 그 이후로는 나타나지 않았었지.'

아마…… 죽었을 것이다. 이번처럼 뭣 모르고 무림인이나 마법사를 건드렸거나, 아니면 노 클래스답지 않은 노 클래스를 건드렸거나.

사실 전생에서 사냥꾼이 죽었는지 살았는지는 이성민이 알 바는 아니었다.

이번 생에서 사냥꾼은 죽었다. 노 클래스 사냥은 끝났다.

"묘한 검을 가지고 왔구나."

한스가 중얼거렸다. 그는 이성민에게 건네받은 검을 위아래로 훑어보았다. 사냥꾼이 가지고 있던 검은 노골적으로 무림의 것임을 주장하는 모양새를 하고 있었다.

"무림인이 숲에서 죽는 일은 드문데……."

"무림에서 온 놈이라고 다 강한 것은 아니잖아요."

"그렇지. 삼류니 이류니, 그런 놈들도 오니까."

한스는 검의 출처에 대해서는 딱히 묻지 않았다. 그러면서도 값은 잘 쳐줬다.

"최근에 너랑 붙어 다니던 꼬마 있잖아."

"……예? 아, 호연이요?"

"그래, 그 꼬마…… 대체 정체가 뭐냐?"

한스의 눈이 가늘어졌다.

갑자기 위지호연에 대한 이야기는 왜 묻는 걸까?

이성민은 눈을 동그랗게 떠 보이면서 머리를 갸웃거렸다.

"호연이는 왜요?"

"아니, 가끔 광장에서 보곤 하는데…… 대체 뭘 하는 건지 알 수가 없어서 말이야. 아무것도 안 하고 분수대 쪽에 앉아 있다가 갑자기 주변을 서성거리고……."

한스는 그렇게 중얼거리면서 미간을 찡그렸다.

"이상하게 나는 그 꼬마가 영 불편하단 말이지. 그…… 뭐라고 해야 되나. 본능적인…… 그래, 그런 거야. 본능적으로 가까이하고 싶지 않은, 거, 뭐냐…… 감? 그래, 감인가?"

한스는 스스로 말하고 있으면서도 우스워져 헛웃음을 흘렸다.

13살의 익지도 않은 꼬마가 본능적으로 껄끄럽다니.

하지만 한스는 자신의 감을 상당히 신뢰하는 편이었다. 몬스터가 우글거리는 숲을 돌아다니면서 그 감 덕분에 몇 번이나 죽을 뻔했던 순간에 목숨을 건졌기 때문이다.

"개가 뭘 하는 것인지는 저도 잘 몰라요."

이성민은 솔직하게 대답했다. 일주일 전부터 위지호연과는 따로 움직이고 있었고, 위지호연에게 용돈도 주고 있다.

하지만 위지호연이 제나비스에서 대체 무엇을 하고 있는 것인지는 모른다.

전생에서의 위지호연은 제나비스에서 한 달 동안 머물렀다. 제나비스를 떠난 위지호연이 어디로 간 것인지는 모른다. 당시의 이성민은 제 한 몸 건사하기도 바빴기 때문이다.

용병이 되고 나서 위지호연에 대한 소문을 들었다. 당시 이성민의 나이는 18살이었고, 제나비스에서 가장 가까운 도시인 브론느를 거점으로 삼고 있었다.

그 시점에서 위지호연은 1년 전부터 소천마라는 별호를 떨치고 있었다. 지금 와서 생각해 보면 조금 의아하게 느껴졌다.

위지호연은 3년 동안 대체 무엇을 하고 있었던 것일까.

전생에서의 이성민은 제나비스에서 3년을 살았고, 제나비스를 떠나 브론느에 도착해 1년 후에 용병이 되었다.

제나비스에 소환된 지 한 달 만에 제나비스를 떠난 위지호연은 3년 동안 두문불출하다가 갑자기 이름을 떨치게 되었다.

3년의 공백. 전생의 위지호연은 3년 동안 무엇을 하였는가.

위지호연이 제나비스에 소환된 지 한 달이 조금 넘었다. 전생처럼 흘러간다면…… 위지호연은 전생에서 그리 했듯이 제나비스를 떠날 것이다.

'하지만 전생의 위지호연과 지금의 위지호연은 달라.'

사람 자체가 달라진 것은 아니다. 하지만 겪은 사건이 달라졌다. 전생의 위지호연은 이성민을 만나지 않았다. 전생의 위지호연이 이성민을 만나지 않고, 제나비스에서 한 달 동안 체류하면서 무슨 일을 하였는지는 이성민도 기억하고 있었다.

그 한 달.

위지호연은 제나비스에서 폭풍을 일으켰다. 고블린 부락 네 개가 전멸했고 오크 부락 세 개가 전멸했다.

워낙에 번식성이 높은 놈들이기는 하여도 일곱 개나 되는 부락이 전멸한 것은 숲의 균형을 일그러뜨리기에 충분한 사건이었다.

하지만 지금 생의 위지호연은 전생과는 다른 삶을 살고 있다. 위지호연이 숲에 가지 않았던 것은 아니다. 최근 일주일은 숲에 가지 않았지만, 그 전의 3주 동안은 위지호연도 이성민과 함께 숲에 갔다.

가기만 했을 뿐, 아무것도 하지 않았다. 이성민이 몬스터와 싸우는 동안 위지호연은 나무 밑에 붙어 있는 버섯을 구경하거나, 꽃을 보거나…… 돌아다니는 벌레 따위를 보았다. 가끔은 이성민의 동작을 지적해 주기도 했다.

"왔어?"

여관에 돌아왔을 때, 위지호연은 이미 그곳에 있었다. 위지호연은 여관 안으로 들어오는 이성민에게 빙긋 웃음을 지어 보였다.

"오늘은 일찍 왔네?"

"너도."

이성민은 이른 새벽에 일어난다. 일어난 즉시 자하신공을 수련하고, 충분히 되었다 싶으면 여관 뒤뜰로 나가서 창을 휘두른다. 그 뒤에는 숲으로 가서 몬스터를 사냥하고 점심이 조금 넘어서 돌아온다. 그다음엔 다시 수련의 반복이다.

오늘의 이성민은 점심이 넘기 전에 돌아왔다. 사냥꾼을 죽임으로써 제법 많은 돈을 벌었기 때문에 굳이 몬스터를 사냥할 필요가 없었기 때문이다.

"평소에는 저녁쯤에 돌아왔잖아."

"오늘부로 도서관의 책을 모두 다 봤거든."

위지호연이 배시시 웃으면서 말했다. 소천마에 대해서 소문으로 들었을 때, 이성민이 위지호연에게 가진 이미지는 냉혈한 마인(魔人)이었다.

그런데 정작 위지호연과 함께 지내보니 소천마라는 별호가 그리 어울리게 느껴지지 않았다.

위지호연은 표정도 풍부했고 웃음이 많았다. 팩트로 사람을 두들겨 패는 것을 보니 싹수가 조금 많이 없다고 느껴지긴 했지만, 위지호연은 기본적인 개념은 탑재하고 있었다.

적어도 루라나 잭 같은 사람들을 대할 때에는 굉장히 친절했기 때문이다.

"그런데, 너."

오늘의 점심은 두툼한 고기를 넣은 샌드위치였다. 루라가 접시에 샌드위치를 담아서 가지고 왔다. 위지호연은 무어라 말을 하려다가 루라가 곁에 다가온 것을 보고 입을 다물었다.

잠깐 이야기를 주고받은 뒤, 루라가 주방으로 돌아갔다.

"사람을 죽였구나."

위지호연은 루라가 곁을 떠나자 대수롭지 않다는 얼굴을 하고서 그렇게 중얼거렸다.

나이프를 들어 샌드위치를 자르려던 이성민의 얼굴이 멈칫 굳었다.

"……응?"

"피 냄새가 나. 사람의 피 냄새."

위지호연이 손가락을 들어 자신의 코끝을 톡 쳤다. 그러면서 이를 보여주며 웃는다.

"사람의 피 냄새는 익숙하거든. 어린 시절 숱하게 죽이다 보니…… 익숙해지지 않을 수가 없었지."

"피 냄새가 그냥 피 냄새지 뭐."

"아니, 달라. 왜 죽였나?"

"……."

이성민은 입을 다물고 침묵했다. 그러다가 한숨을 푹 내쉬면서 샌드위치를 마저 썰었다.

"삼류 무인이었어. 나를 죽이려 들길래……."

"삼류 무인을 상대로 이겼다는 말이로군. 자하신공을 익혔으면 그 정도는 해줘야지."

"정면승부는 못 했어."

"내공이 부족하니까."

위지호연이 알고 있다는 듯이 대답했다. 그는 냅킨을 들어 입가에 묻은 소스를 닦아냈다.

"너는 특이해."

위지호연의 눈이 빛났다.

"네가 사냥을 나가는 동안, 이 도시를 돌아다니면서 내 나름대로 이 도시를, 이 세상을 이해하려 해보았다. 노 클래스의 처지에 대해서도 알게 되었지. 대부분의 노 클래스는…… 비참하더군."

"그렇지."

"이해할 수 있다. 벌레라면 모를까, 작은 짐승 하나 죽이는 것에도 각오를 품어야 하는 것이 사람이야. 그런 각오 없이 무언가를 죽일 수 있다면 어딘가 망가진 인간이겠지."

위지호연은 그 사실을 잘 알고 있었다. 그 역시 어린 시절부터 살인에 익숙해지기 위해 무던히 다른 무언가를 죽이는 연습을 해왔기 때문이다. 그것은 익숙해지는 것이 아니라 마모되는 것이다.

"그런데 너는 특이해. 두 달…… 되었다고 했었지. 듣자 하니 너는 이 세계에 소환되고 바로 다음 날부터 숲으로 들어갔고, 그곳에서 몬스터를 사냥했다더군."

"……그게 뭐가 이상해? 그렇게 하지 않으면 살아갈 수가 없는걸."

"하하! 다른 노 클래스들이 그것을 이해하지 못해서 행동하지 못하는 것일까? 알면서도 하지 못하는 거야. 자기 목숨을 걸고 다른 무언가를 죽인다는 것은 그런 일이다. 알면서도 하지 못하는 일."

그것이 노 클래스와 무림인, 마법사의 가장 큰 차이이기도 했다. 대부분의 무림인은 무언가를 죽이는 것에 익숙하다. 그들이 익힌 무공은 이리저리 포장해 봐야 결국에는 사람을 효율적으로 죽이는 기술이기 때문이다.

그리고 그것은 마법사 역시 마찬가지다. 마법사라고 하면 공방에 틀어박혀 마법만 연구하는 놈들이라고 생각하기 쉽겠지만, 실상은 전혀 다르다. 놈들이 연구하고 익힌 마법은 사람 하나 죽이는 것쯤은 모기 하나 잡는 것만큼 쉽게 만들어준다.

그에 비해서 노 클래스는 어떤가? 기술도 없고 각오도 없다. 그렇기에 이 세계에서 살아가기 힘든 것이다.

"네 나이는 14살. 살인 같은 것에 익숙한 것이 힘든 나이야. 살인은커녕 작은 동물 하나 죽이는 것도 힘든 나이란 말이야. 그런데 너는 그것을 아무렇지도 않게 하고 있지."

"내가 살아야 하니까."

"좋아, 그렇다면 다른 의문을 꺼내보지."

위지호연이 어깨를 으쓱거렸다.

이 새끼, 도대체 무슨 말을 하고 싶은 거냐.

이성민은 위지호연을 노려 보면서 샌드위치를 입에 욱여넣었다.

"너는 재능이 없어."

"커흡!"

대뜸 날아온 팩트가 묵직하게 명치에 꽂힌다. 목구멍 안쪽으로 넘어가던 샌드위치가 걸렸다. 이성민은 켁켁거리면서 급히 우유를 들이켰다.

"그런데 참 이상하단 말이야. 너는 재능이 없는데…… 창을 휘두르는 모양새가 제법 그럴듯해. 군더더기가 많기는 하지만, 뭐 하나 죽이는 것은 문제없이 가능하단 말이다."

"무, 무슨 말을 하고 싶은 거야?"

"두 달. 네가 에리아에 소환되고서 지난 시간. 그 두 달 만에 이룩했다고 하기에는 창법의 실력이 제법 대단하단 말이다. 창법뿐만이 아니지. 내공을 다루는 것도 제법 익숙해. 신법이나 보법을 펼칠 때의 발재간도 제법 깔끔하고. 알고 있나? 범인(凡人)이 보법과 신법을 익혀 펼친다면 가장 먼저 발이 꼬인다. 그것에 익숙해지는 것에도 제법 오랜 시간이 걸리지."

이성민도 알고 있는 사실이다. 그도 처음에 일뢰주법을 익혔을 때, 발이 꼬이는 것을 잡느라 오지게 고생을 했기 때문이다.

"보법이 꼬이지 않고 익숙해. 쓰는 창법은 이류의 무공이지만 실전적으로 제법 잘 다듬었어. 고작 두 달 만에. 그런 주제에 재능은 없지. 이게 대체 뭐야?"

위지호연이 웃는다.

보법?

익숙할 수밖에 없지. 그래도 10년 동안 써온 것인데.

창법도 마찬가지다. 10년 동안 휘둘렀고, 용병 짓을 하면서 부족한 부분을 다듬었다.

"이상하단 말이야. 정말…… 이상해. 너, 대체 무엇을 숨기고 있는 것이지?"

위지호연이 이성민을 뚫어져라 보았다. 이성민은 놀란 속을 진정시키고서 손등으로 입가를 거칠게 닦았다.

"무슨 말인지 모르겠어."

"이렇게 하나하나 짚었는데도 거짓말을 하는군. 나는 거짓말쟁이를 좋아하지 않아."

"……누구나 비밀 하나쯤은 가지고 있는 법이야. 억지로 캐내려 하는 쪽이 나쁜 것 아냐?"

이성민이 투덜거렸다. 한스가 말했었다. 위지호연이 거북하다고. 본능적인, 그런 감 때문에. 이성민은 한스의 그런 말에 동감했다.

지금의 위지호연은 대하는 것이 굉장히 껄끄러웠다. 13살 꼬마 대가리가 뭐 저리 잘 돌아간단 말인가. 그냥 그렇다고 치면 될 것을.

'그렇게 느슨하게 생각할 수 있는 놈이 아니라는 것이겠지.'

이성민은 한숨을 삼키면서 우유를 벌컥벌컥 마셨다. 그러면서 생각에 잠겼다.

위지호연의 의심을 타파하기 위한 방법은 간단하다. 이성민이 회귀자라는 것을 밝히는 것이다. 하지만 그래도 되는 것일까? 위지호연이 믿고 자시고를 문제로, 이성민의 납득 여부가 문제다.

"비밀이라. 그래, 누구나 비밀 하나쯤은 가지고 있지. 나도 그렇고."

위지호연이 쿡쿡거리며 웃었다.

"그러면 이건 어때? 내 비밀을 하나 알려주지."

"네가 말해주는 비밀이 내가 가지고 있는 비밀보다 가치 있다고 생각하지는 않아."

"이해타산적이군. 그렇다면 이렇게 하자. 내 비밀과 함께 다른 것도 더해주지. 창법? 보법? 어느 쪽이든 좋아."

"……있어 봐야 나는 쓸 수가 없어. 네가 두들겨 팼듯이, 나는 재능이 없으니까."

"내가 언제 널 두들겨 팼다는 것이냐?"

"언어도 폭력이지."

이성민이 우울한 표정을 지으며 말했다. 위지호연은 그 말을 잘 이해하지 못하는 얼굴이었다.

"이상한 말을 하는군. 뭐…… 틀린 말은 아니다만. 네가 그 이류 무공인 추혼창법을 대성해 봐야 절정 수준의 창법과는 비교가 안 돼. 장기적으로 본다면 좋은 창법을 익히는 것이 낫지 않을까?"

"내공이 부족해서 제대로 쓸 수도 없을걸."

"비싸게도 구는군."

"그만큼 말하고 싶지 않은 거야."

"좋아, 그렇다면 내 내공의 2할을 너에게 주마."

위지호연이 내뱉었다. 그 말에 이성민의 입이 쩍 하고 벌어졌다. 내공이라는 것이 저렇게 쉽게 주고 말고 할 것도 아니었지만, 저렇게까지 하면서 비밀을 듣고 싶어 하는 위지호연이 이해가 되지 않았기 때문이다.

"대체 왜 그렇게까지 듣고 싶어 하는 거냐?"

"궁금하니까. 너는 내 하나뿐인 친구야. 친구의 비밀을 알고 싶어 하는 것이 이상한가?"

"나는 별로 알고 싶지 않은데……."

"너와 나의 친구관이 다르기 때문이다. 그를 탓할 생각은 없어. 하지만 나는 궁금해. 그래서, 어쩔 테냐?"

위지호연이 재촉했다. 이성민은 잠깐 머뭇거렸다. 창법과 내공, 그리고 위지호연의 비밀. 이건 세상에 다시없을 기연이었다. 이성민은 한숨을 푹 내쉬면서 머리를 끄덕거렸다.

"……좋아, 그 대신에 나랑 약속해라. 내 비밀을 듣고 나서…… 나를 죽이지 않겠다고."

"내가 널 왜 죽인다는 것이지?"

"약속이나 해."

"좋아, 약속하지. 나는 절대로 널 죽이지 않을 거야. 절대로. 앞으로 네가 무슨 말을 하든, 어떤 일이 벌어지든 나는 너를 죽이지 않을 거야. 너는 내 친구니까."

위지호연이 머리를 끄덕거리면서 말했다. 그 말에 이성민은 조금의 죄악감을 느꼈다.

"알았어."

"내가 먼저 말하지."

이성민이 입을 열려던 찰나, 위지호연이 먼저 손을 들어 올렸다.

"나는 여자다."

"……?"

내가 뭘 잘못 들었나.

이성민은 눈을 동그랗게 뜨고서 위지호연을 바라보았다. 이성민의 시선이 향하고 있는 위지호연의 얼굴은 무덤덤하기 짝이 없었다.

"……뭐라고?"

"나는 여자라고."

위지호연이 손을 들어 스스로를 가리켰다. 이성민의 입이 천천히 벌어졌다. 잘못 들은 것이 아니었다. 위지호연은 자기가 여자라고 말하고 있었다.

"말도 안 돼!"

이성민이 빽 하고 고함을 질렀다. 그 소란에 주방에 있던 잭과 루라가 머리를 쏙 내민다.

"소란을 피워 죄송합니다."

위지호연은 주방을 향해 예의 바르게 그렇게 말해두고서

이성민을 돌아보며 눈가를 찡그렸다.

"그렇게 소리를 지르면 어떡하자는 것이냐?"

"아니! 놀라니까 소리를 지르는 것이지!"

"흠, 하긴 그렇겠군."

이성민의 대답에 위지호연이 머리를 끄덕거린다. 그 무덤덤한 반응에 이성민은 할 말을 잊었다.

그는 전생의 기억을 짚어 보았다. 소천마 위지호연. 위지호연이 여자라는 소문은 없었다. 아니, 전생의 기억은 제쳐 놓고서도.

이성민은 '지금' 자신의 앞에 있는 위지호연을 바라보았다. 높은 콧대, 가늘고 긴 속눈썹, 커다란 눈망울, 새하얀 피부. 체격이 작기는 하지만 나이가 어리기 때문이라고 생각했다. 그런데, 여자라는 이야기를 들으니 다르게 보인다.

"……지, 진짜로?"

"진짜로. 내가 이런 것으로 거짓말을 하겠느냐. 아니면 방에 가서 내가 바지라도 벗어줘야 믿겠느냐?"

위지호연이 쿡쿡 웃으면서 말했다. 그렇게 말하는 것을 들으니 짚이는 것이 몇 가지 있었다.

위지호연은 예쁘장하게 생겼다. 저대로 큰다면 꽃미남이 되겠지. 그래, 그렇게 생각했었다. 그런데 사실은 여자라고 생각하니…… 다르게 보인다.

'그러고 보니 같이 목욕한 적도 없었어.'

이 여관은 공동 욕탕을 쓴다. 이성민은 사냥과 수련을 끝내고 잠들기 전에 항상 목욕을 했지만, 위지호연은 이성민과 함께 목욕하려 들지 않았다. 그것에 대해서 뭔가 이유가 있을 것이라는 생각은 하지 않았다. 그냥 '소천마 위지호연은 생각보다 지저분하구나'라는, 이런 생각을 했을 뿐이다.

"가슴이 안 나왔는데……."

"붕대를 감고 있다."

위지호연이 무복의 앞섬을 살짝 들춰 보이면서 말했다. 과연, 가슴을 칭칭 감고 있는 새하얀 붕대가 보였다.

"아직 많이 튀어나오지 않았거든. 앞으로 더 커질지는 모르겠다만…… 기왕이면 커지지 않았으면 좋겠군. 가슴에 살덩이를 달고 있자니 영 거북살스러워."

"……말도 안 돼……."

이성민이 다시 중얼거렸다.

위지호연이 사실은 여자였다니.

그런 생각은 단 한 번도 해보지 않았기 때문이다.

"왜 남장을 한 거지?"

"위대하신 교주께서 그것을 바라였다. 나는 천재적인 자질과 무공을 익히기에 이보다 더 적합할 수 없는 무골을 타고났지만 안타깝게도 여자였지. 교주께서는 내 자질과 무골이 아까우셨던 모양이야. 그래서 어린 시절부터 남자로 살라고 강요하셨었지."

아마 그것이 교주이자 아버지에게 들었던 첫 번째 명령이었을 거야.

위지호연이 덧붙이면서 웃었다.

"하지만 이 세계에는 마교가 없지. 위대하신 교주님도 없고. 내가 남자로 지낼 이유가 없어. 그래도…… 13년을 남자로 살았는데. 하루아침에 버릴 수가 없더군. 아마 앞으로도 남장은 할 거야. 이 가슴이 붕대로 가려지지 않을 정도로 커지지 않는 한은 말이지."

그랬으면 좋겠군.

위지호연이 중얼거렸다. 이성민은 무언가에 홀린 것 같은 표정을 하고서 위지호연을 바라보았고, 위지호연은 이성민의 시선을 받으면서 입을 열었다.

"이게 내가 가진 비밀이다. 너의 비밀은 뭐지?"

"……으음……."

거짓말이라고 생각할 수는 없었다.

여자, 여자라고…… 소천마 위지호연이 여자라고.

이성민은 흐려진 이성을 어떻게든 붙잡았다.

"……나는……."

저런 말을 듣고서 말해주지 않겠다고 강짜를 부릴 수도 없다. 이성민은 한숨을 삼키면서 말했다.

"나는 회귀자(回歸者)다."

"뭔 개소리냐?"

위지호연이 머리를 갸웃거리면서 묻는다. 그 말이 가슴에 조금 얹히는 기분이기는 했지만, 이성민은 참을 '인' 자를 그리면서 위지호연의 말을 넘겼다.

이야기를 해주었다. 회귀한 사실에 대해서. 전생의 돌이라는 것을 손에 넣었고, 죽어서…… 다시 처음으로 돌아왔다.

위지호연은 뭔 개소리냐고 말한 주제에 정작 이성민이 제대로 설명을 하자 가만히 이성민의 말을 들었다.

"그렇군."

이야기가 끝나고서, 위지호연이 머리를 끄덕거렸다.

"믿기 힘든 일이지만 믿을 수밖에. 이 세계도 그렇고, 마법이나 뭐…… 그런 것들. 믿을 수밖에 없어. 중원에서라면 개소리로 치부하겠지만, 여기서는 다르구나."

위지호연이 중얼거렸다. 그, 아니, 그녀는 잠깐 동안 허공을 올려 보았다.

"전생에서의 나는 어땠느냐?"

"……뭐?"

"전생에서도 내가 있었을 것 아니냐. 나는 어땠지?"

"어떻고 자시고……."

이성민은 전생의 기억에 남아 있는 위지호연의 모습을 이야기해 주었다. 그렇다고 해봐야 전생에서 위지호연과 직접 마주친 일이 없었기 때문에 위지호연에 얽혔던 소문에 대해 말하는 것이 고작이었다.

"그렇군. 잘살고 있었던 모양이군. 적어도 13년 동안 나는 죽지 않았다는 말이구나."

"그렇…… 겠지."

"그리고 계속해서 남장을 하고 있었고."

위지호연이 쿡쿡거리며 웃었다.

"아마. 13년이 흐른 뒤여도 내 가슴은 그리 커지지 않았던 모양이야. 그건 다행이군."

농담으로 하는 말인지 진담으로 하는 말인지 모르겠다.

"하지만 하나 궁금한 것이 있어. 왜 나한테 죽이지 말아달라는 말을 한 것이냐?"

"……너와 내 만남 따위는 인연이나 우연 같은 것이 아니었어. 나는 네가…… 그, 소천마 위지호연의 처음을 보고 싶었다. 그래서 네가 소환되는 날짜와 시간에 맞춰 광장에 있었고, 너를 보고 있었던 거야."

"아, 그렇군. 그 만남이 거짓이었으니까. 내가 이용당한 것이라고 생각한 것에 분개하여 너를 때려죽일 것이라고 생각한 것이냐?"

정곡이었다. 이성민은 대답 대신에 침묵했다.

"그것참 이상한 생각이구나."

위지호연이 웃음을 터뜨렸다.

"생각해 보거라. 너와 내가 처음 만났을 때, 너는 나를 그냥…… 지켜만 보고 있었지. 그런 너에게 흥미를 느껴 먼저 다가간 것은 나다. 먼저 친구가 되자고 한 것도 나다. 너에게 자하신공을 가르치고 무공에 조언을 해준 것? 하하! 그것도 내 쪽에서 먼저 그리하겠다고 한 것 아니냐. 너는 나한테 아무것도 해달라고 하지 않았다. 내가 먼저 너한테 그리 말했을 뿐이다."

그렇게 말하니 할 말이 없었다. 따지고 보면 위지호연의 말이 맞았기 때문이다.

"너는 잔걱정이 많구나. 이미 한 번 죽음을 겪어보았기 때문인가? 아니면 그냥 그런 성격인 것인가."

"둘 다."

"흐흥. 어찌 되었든 나는 너를 죽일 생각이 없다. 오히려 너에게 더 흥미를 가지게 되었어. 죽어서 처음으로 되돌아왔다……. 흥미로운 일이고, 내가 품었던 너의 모순에 대해서도 납득이 가는군. 13년, 아니, 무공을 배운 시간은 10년인가? 10년이면 익숙해질 만도 하지. 10년을 붙들고 있어서 아직도 그 수준이라는 것은 안타깝지만."

"이런 씨발."

위지호연의 중얼거림에 이성민은 욕설을 내뱉었다. 시도 때도 없이 튀어나오는 팩트 공격이 너무 아팠기 때문이다.

"네 말에 따르면 네가 겪은 전생에서의 나는. 제나비스에 소환되고서 한 달 만에 이 도시를 떠나고, 3년 동안 잠적했다는 말이구나."

"응."

"3년 동안 내가 무엇을 했을까?"

"그걸 내가 어떻게 알아?"

"그 위지호연과 지금의 내가 같은 인물은 아닐 거야. 하지만 기본적으로 생각하는 방향이나…… 원하는 것은 같겠지. 아마 그 3년 동안, 나는 그리 대단한 일은 하지 않았을 것이다. 그냥 이곳저곳 여행을 했겠지."

"여행?"

"위지호연이라는 인간이 가장 간절하게 바라였던 것은 자유다. 마교라는, 교주라는. 그런 억압에서의 자유. 나는 이 세계로 소환된 것이 기쁘다. 내가 바라였던 자유를 얻었으니까."

그것은 위지호연의 진심이었다.

"지금도 그래. 나는 당장에라도 떠나고 싶거든. 일주일 동안 이 도시를 떠돌았다. 자유를 만끽했지. 하지만 이 도시도

좁아. 더 많은 것을 보고 싶고 많은 것을 겪고 싶다."

"……떠나겠다는 거냐?"

"조만간 떠날 생각이었지. 그런데…… 너는 대체 무엇을 하고 싶은 것이냐?"

위지호연이 이성민을 향해 물었다.

"너는 이미 한 번 이 세계에서 살았다. 13년간 살았고, 죽었지. 기연을 얻어 처음으로 돌아왔다. 그런데, 너는 이 인생에서 대체 뭘 하고 싶은 거냐?"

위지호연의 질문에 이성민은 곧바로 대답할 수가 없었다. 그것은, 이성민이 생각하지 않으려고 했던 주제였다.

"전생에서의 기억을 그대로 가지고 있다. 그 기억을 토대로 무엇을 하고 싶은 것이냐."

"……전생보다 나은 삶."

"일주일 동안 도시를 돌아다니면서 많은 사람을 보았다. 노 클래스들. 그들이라고 해서 모두가 다 숲으로 사냥을 가는 것은 아니더구나. 나름대로 살기 위해서 다른 노동을 하고 있더군. 그렇게 살 생각은 없냐?"

"……아깝잖아."

이성민이 투덜거렸다.

"전생의 기억을 가지고 있다. 전생보다 나은 삶을 살기 위한 정보는 죄다 메모해 놨어."

"탐욕스럽군. 뭐, 탓하고 싶은 마음은 없다만…… 그래서 결국 무엇을 하고 싶다는 것이냐. 전생보다 나은 삶? 애매하기 짝이 없지 않은가. 무언가 목적은 없나?"

"그런 건…… 모르겠어."

이성민은 잠깐 고민하다가 짧은 한숨을 내뱉으며 말했다.

"전생의 나는 하루 벌어 하루 먹고 사는 것만을 생각했다. 네가 틈날 때마다 말하는 것처럼, 나는 재능이 부족해. 그래도 살기 위해서는 최선을 다했다. 재수 없게 죽어서…… 다시 살아났지만. 솔직히 목적이라고 할 만한 것은 없다. 그냥, 전생과 비슷하게 살겠지."

"그렇군."

위지호연이 머리를 끄덕거렸다. 그녀는 딱히 이성민의 방향성에 대해서 조언을 해줄 생각은 없었다.

따지고 보면 위지호연의 나이는 고작해야 13살이고, 이성민은 27살이다. 13살에게 인생에 대한 조언을 듣는 것도 우습지 않은가.

"그런데 너, 나랑…… 계속해서 친구를 하겠다는 거냐?"

"하지 않을 이유가 있는가?"

"나는 너보다 나이가 많은데? 애초에 정신 연령이……."

"그건 문제가 되지 않는다."

결국 계속 반말을 하겠다는 것이다.

"위로 가자."

위지호연이 몸을 일으켰다. 이성민은 앞서 걷는 위지호연을 따라 2층으로 올라가 위지호연의 방으로 들어갔다.

생각해 보면 위지호연의 방에 들어와 보는 것도 이번이 처음이었다.

"구천무극창(九天武極槍)을 전수해 주마."

위지호연이 근엄한 표정을 지었다. 표정만큼은 일대종사였다.

위지호연은 침대 위에 가부좌를 틀고 앉아 이성민을 응시했다.

"……무릎이라도 꿇어야 하나?"

"그냥 의자 가져다가 앉아라. 친구인데 무슨."

위지호연이 투덜거리자 이성민은 의자를 끌어와 위지호연의 맞은편에 앉았다.

"내가 기억하고 있는 창법 중에서는 이게 제일이다. 일백 년 전에 창왕(槍王)이라 불리던, 창이라는 무기로 천하를 오시했던 무인이 쓰던 무공이지. 이름부터가 광오하지 않느냐. 구천에서 제일가는 창이라 하여 구천무극창. 그만큼 대단한 창법이기는 하지."

"너무 어려운 무공은 내가 못 익혀."

"나도 안다. 네 재능은 하찮으니까. 자하신공이 그러하듯,

구천무극창 역시 신공절학이다. 네 재능으로 건드렸다가는 평생 가도 못 익힐 것이야."

"재능 없는 것은 알겠는데 꼭 그렇게 말을 해야 하나?"

"사실인 것을 어찌하겠느냐."

위지호연의 되묻는 말에 대꾸할 말이 없었다.

"그러니 네게 맞춰서 개량을 해주마. 제법 오래 걸리기는 하겠지만, 이것은 네가 그대로 익히는 것보다는 뜯어고친 것을 익히는 것이 나을 게야."

"……할 수 있다는 거냐?"

"나는 천재다."

위지호연이 근엄한 얼굴을 하고서 대답했다.

"마교의 교주께서도 인정한 사실이지. 완전히 뜯어고치는 것도 아니고, 진입 장벽을 조금 낮추는 선에서…… 그 외에 쓸 만한 창법을 조금 섞는 식이라면 개량할 수 있다. 그래 봐야 처음에만 조금 익히기 쉬운 것이지, 근본적인 것은 바꿀 수 없어. 구천무극창을 만든 창왕 역시 절대적인 무인이었고, 또 천재였으니까."

그렇다고는 해도 대단한 일이었다. 이미 만들어진 무공을 개량하겠다니. 그만큼 위지호연이 이성민과는 태생이 다른 천재라는 것이다.

"이름은 구천무극창 성민식(晟敏式)으로 하자."

"대체 왜?"

"너를 위해 맞춘 창법이니 네 이름을 넣어야지. 구천무극창 성민식. 좋지 않으냐?"

"그게 좋다고?"

"아니꼬우면 네가 만들어라. 나는 이 이름이 마음에 드니까."

위지호연이 강짜를 부렸다. 이성민은 뭐라고 반발하려다가 입을 다물었다. 수고를 감수하고서 만들어주겠다는데, 이름이 불만족스럽다고 불만을 터뜨리기에는 조금 미안했기 때문이다.

"그럼, 창법은 이것으로 되었다 치고."

위지호연은 그렇게 중얼거리면서 대뜸 손을 내밀었다.

"내 내공의 2할, 너에게 주마."

별것도 아닌 것을 건네주는 것처럼 말하고는 있었지만 이성민은 그것은 어투 그대로 받아들일 수가 없었다.

위지호연이 가진 2할의 내공. 그것의 양이 얼마나 될지는 이성민도 알지 못한다.

그런데 내공이라는 것이 이렇게 쉽고 주고받고 할 수 있는 것이었던가?

그에 대해서 이성민은 의문을 느낄 수밖에 없었다.

내공이라는 것은 성질이 모두가 다르다. 사내의 내공이라면 양기를 띠고 여자의 내공이라면 음기를 띤다.

그런 가장 기본 되는 양분(兩分)부터 하여, 익히는 내공심법이 무엇이냐에 따라 천차만별로 바뀐다. 도가의 심법을 익힌다면 도가의 내공을, 불도의 심법을 익힌다면 불도의 내공을 갖는다.

"나는 자하신공을 익혔는데. 네 내공을 받아도 되는 거야?"
"그래도 아주 바보는 아니로군."

이성민의 질문에 위지호연이 흐뭇하다는 표정을 지으면서 대답했다.

"보통이라면 절대로, 타인에게 내공을 전해줄 수도 받을 수도 없다. 가장 순수한 진원진기라면 받고 주는 것이 가능이야 하겠지만, 사실 그것은 효율이 그리 좋은 방법은 아니야. 진원진기라는 것은 생명력 그 자체이기 때문에 건드리는 것만으로도 수명이 줄기 때문이다."

일단 진원진기를 넘길 생각은 아닌 모양이었다.

"흡성대법 같은 사법(邪法)도 있기는 하지만, 그것도 효율 면에서는 좋지 않지. 타인의 내공을 마음대로 빼앗을 수 있다는 것은 굉장한 강점처럼 보이지만…… 이것도 그리 좋은 방법은 아니지. 불순물이 너무 많이 쌓이거든. 주화입마에 빠지기 딱 좋다."

위지호연이 내밀고 있던 손을 조금 더 앞으로 뻗어 이성민

비밀 195

의 손목을 잡았다.

"천마신공이 왜 고금제일의 신공절학이며 역대 교주에게만 전해지는 무공인지. 그 이유를 아느냐?"

"내가 어떻게 알아."

"당연히 모르겠지. 쉽게 말하자면, 천마신공은…… 모든 내공심법이 가지고 있는, '정제'의 과정을 거치지 않는다."

"……뭐?"

그 말에 이성민은 놀랄 수밖에 없었다. 비록 삼류와 이류의 것이었다고는 해도 이성민 역시 내공심법을 익혔다. '정제'의 과정을 거치지 않는다는 것이 얼마나 대단하고 말도 안 되는 일인지 잘 알고 있다.

내공심법의 기본은 호흡을 통해 자연지기를 몸 안으로 들이고, 그것을 구결에 따라 '내공'으로 정제하는 것이다. 그렇게 정제된 내공이 단전에 쌓인다. 그것은 삼류나 절정이나 똑같이 가지는 내공심법의 기본이다.

당장 이성민이 익히고 있는 자하신공만 하더라도 신공절학의 반열에 드는 내공심법이었지만, 정제의 과정은 포함되어 있다. 내공을 정제하고 쌓는 과정이 축약되고 받아들이는 내공의 양과 속도가 다른 심법들과 비교가 되지 않을 뿐이다.

그런데 정제의 과정이 없는 내공심법이라니. 만약 그것이 사실이라면 호흡을 할 때마다 대기 중에 가득한 자연지기가 그대로 단전으로 쌓인다는 말이다.

"천마신공은 호흡으로 들어온 자연지기를 그대로 단전에 쌓는 심법이다. 고금제일이라고 하기에 충분한 내공심법이지. 하지만 아무나 익힐 수 있는 건 아니야. 천마신공을 익히기 위해서는 특별한 체질을 타고나야만 하거든."

위지호연은 이성민의 손목을 주물거리면서 잠깐 동안 침묵했다. 이성민은 위지호연이 짚은 기혈을 통해 그녀가 불어넣은 기운이 파고들어 오는 것을 느꼈다.

"혈도는…… 깨끗하진 않군. 불순물이 꽤 쌓여 있어. 14살은 무공을 익히기에 그리 빠른 나이는 아니니까. 오히려 조금 늦은 감이 있지."

어쩔 수 없었다. 골격 개조 시술을 받아 하급 무골을 얻기는 하였지만, 뼈의 형태는 바꾸었어도 혈도까지 청소할 수는 없었다.

"단전의 크기도 작아. 이건 어쩔 수 없지. 내공이 적으니까. 자아, 그래서…… 내가 가진 2할의 내공을 너에게 줄 것인데. 이건 말은 쉬워도 실상은 그리 쉬운 일은 아니야. 받는 쪽이나 주는 쪽이나 말이지."

"……위험한 것은 아니겠지?"

"그리 위험하지는 않아. 다만, 내가 주는 2할의 내공에서 얼마나 건질지는 순전히 네 역량에 따라 달려 있지. 자하신공을 운용해라."

위지호연이 이성민의 손을 놓았다. 이성민은 위지호연이 시키는 대로 얌전히 가부좌를 틀고서 자하신공을 운용하기 시작했다. 단전에 쌓인 쥐꼬리만큼이나 적은 내공이 꿈틀거리면서 기혈을 흐른다.

위지호연은 운기조식에 들어간 이성민의 뒤에 섰다. 그녀는 몇 번 호흡을 고르더니 이성민의 기혈에 오른손을 짚었다. 천마신공이 운용되었다.

"소리 내지 마라."

위지호연이 경고했다. 이성민은 두 눈을 감고 입을 닫았다. 오직 자하신공의 구결만을 생각하고 외우면서 자하신공을 운용했다.

그리고 이성민의 기혈을 통해 거대한 내공의 덩어리가 유입되었다. 그것은 정제를 거치지 않은 순수하기 짝이 없는 자연지기였다.

위지호연이 불어넣는 자연지기는 영약 이상의 가치를 가지고 있었다. 영약이라는 것도 기의 덩어리라는 것은 똑같지만 그 역시 정제 과정에서는 불순물이 섞인다.

그것을 내공심법을 통해 다시 한번 정제하는 과정에서 기의 손실은 제법 많이 일어난다.

하지만 위지호연이 불어넣는 내공에는 그런 것이 없었다.

물론 그렇다고 해서 이성민이 위지호연이 불어넣는 내공을 그대로 받아들일 수 있는 것은 아니었다. 이성민은 천마신공을 익히고 있지 않기 때문이다.

이성민의 어깨가 바르르 떨린다. 기혈을 통해 들어온 위지호연의 내공은 이성민의 전신을 맴돌았다. 이성민은 그 내공의 흐름을 붙잡기 위해 계속해서 자하신공을 운용했다.

"후우!"

시간이 조금 흐른 뒤에, 위지호연은 이성민의 기혈에 대고 있던 손을 떼어냈다.

그녀의 얼굴에는 드물게 피로감이 맴돌고 있었다. 위지호연은 송골송골 맺힌 이마의 땀을 훔치면서 투덜거렸다.

"이건 대단한 기연이다. 알고 있느냐?"

이성민은 대답할 수가 없었다. 기혈을 흐르는 위지호연의 내공을 단전으로 인도하는 것만으로도 벅찼기 때문이다. 한참의 시간이 흐른 뒤에야 이성민은 눈을 떴다.

"……아!"

이성민이 가장 먼저 내뱉은 것은 탄성이었다. 단전이 가득 찼다. 이러한 충만감은 실로 오랜만에 느껴본다.

'이 내공이 고작해야 2할이라고?'

탄성 뒤에는 어이가 없었다. 위지호연이 불어넣은 2할의 내공은…… 전생에서 이성민이 10년 동안 쌓아온 내공보다 훨씬 많았기 때문이다.

"얼마나 취했느냐?"

"어…… 한…… 절반쯤?"

"거짓말. 네 자하신공의 수준을 보면 반도 못 건졌을 거야. 그래도 너무 속상해하지는 말아라. 기혈에 스며든 내공이니, 꾸준히 자하신공을 운용하다 보면 단전으로 인도할 수 있을 것이야."

피곤하군.

위지호연은 투덜거리면서 침대에 털썩 앉았다. 2할이나 되는 내공을 한 번에 소모하였으니, 위지호연이라고 해도 지칠 수밖에 없었다.

"……왜 나한테 이렇게까지 해주는 거지?"

"친구니까."

위지호연이 대답했다.

"너무 크게 생각하지는 마라. 그러니까, 이건…… 나의 단순한 자기만족일 뿐이다. 너한테 뭔가 바라는 것이 있는 것도 아니니, 네가 신경 쓸 필요는 없다."

자기만족.

위지호연은 자신이 내뱉은 그 말이 굉장히 그럴듯하다고 느꼈다. 위지호연이 이성민에게 품고 있는 호의는 자기만족이라는 말이 딱 맞았다.

"피곤하구나. 오늘은 일찍 자고…… 내일부터는 구천무극창을 뜯어고쳐야겠어."

"……뭐라도 도와줄까?"

"네가? 나를? 말이 되는 소리를 해야지. 나를 도와주고 싶다면, 추혼창법의 구결이나 적어두고 가거라. 그것은 구천무극창 성민식에 접목할 테니까."

"꼭 성민식을 붙여야 되는 거냐?"

"내 마음이다."

위지호연의 대답에 이성민은 그녀를 설득하는 것을 포기했다.

이성민은 방에서 수첩과 펜을 가져와 추혼창법의 구결을 적어 위지호연에게 넘겨주었다. 위지호연은 그것을 대충 한 번 훑어보고서 투덜거렸다.

"이런 것도 무공이라니……."

신공절학을 잔뜩 접하고 가진 재능이 하늘에 닿아 있는 위지호연이 보기에는 추혼창법은 무공이라고 할 수도 없는 모양이었다.

"……고마워."

이성민은 진심으로 그렇게 생각하면서 위지호연에게 머리를 숙였다. 위지호연은 머리를 숙인 이성민의 뒤통수를 노려보더니 대뜸 손을 들어 이성민의 정수리를 내려쳤다.

따악!

둔탁한 통증에 이성민이 비명을 질렀다.

"악!"

"머리 숙이지 마."

위지호연이 내뱉었다.

"너랑 나는 친구잖아. 친구 사이에 머리 숙이지 마."

"머리 좀 숙일 수도 있지……."

"나는 싫다."

위지호연은 그렇게 대답하면서 몸을 일으켰다.

"언제까지 여기 있을 셈이냐? 한가하다면 뒤뜰로 가서 창이라도 휘둘러라."

"너는?"

"나는 바빠. 구천무극창을 뜯어고치는 것만 해도 한 달은 넘게 걸릴 거다."

"……제나비스를 떠나지 않을 생각인가?"

이성민이 물었다. 이성민은 위지호연에게 전생에 대한 이야기를 들려주었다. 본래 이 시점에서 위지호연은 제나비스를 떠난다.

"해야 할 일이 남아 있지 않느냐."

"나 때문이잖아."

"맞아. 너 때문이지."

위지호연이 웃으면서 대답했다.

"오늘 너에게 회귀니 뭐니 하는 이야기를 듣지 않았더라면 나는 너에게 이별을 말했을 것이다. 그리고 며칠 안에 이 도시를 떠났겠지."

전생과 똑같다. 위지호연은 전생과 다른 사건을 겪었지만, 결국 위지호연이라는 '인간'은 이 도시에서 한 달 이상 살아갈 생각이 없는 모양이었다.

"이미 한 번 죽어서 이곳에 다시 온 것 아니냐. 이번에도 어이없이 죽게 된다면 네 처지도 비참하고 참 억울하지 않겠느냐. 그러니까, 나도 조금 도와주마. 네가 비명횡사하지 않도록."

이성민은 멍한 얼굴로 위지호연을 보았다.

뭐냐, 이 밑도 끝도 없는 호의는.

친구라서? 정말로, 그 단순하기 짝이 없는 이유로 이렇게까지 호의를 베풀어주는 것인가.

이성민은 위지호연의 저런 태도를 조금도 이해할 수가 없었다. 친구라고 해봐야 얕은 인연. 우연이라고 할 수도 없는 일이다.

이성민이 위지호연의 저런 호의를 이해할 수 없는 것은 당연한 일이었다. 그가 살다 죽은 13년간의 전생에서 이성민의 곁에는 친구라고 할 만한 이들이 없었기 때문이다. 아니, 동료…… 라고 할 만한 이들이 없었던 것은 아니다. 죽었을 뿐이다.

이성민이라고 해서 그들에 대해 생각해 보지 않은 것은 아니다. 과거로 돌아왔으니, 그들이 죽지 않도록 무언가 도움을 줄 수 있지 않을까.

아니, 개소리다. 당장 이성민은 제 한 몸 건사하기도 힘든 처지다. 두 달이 넘게 지난 지금의 시점에서 이미 그들은 죽었을 것이다.

"표정이 왜 그러냐?"

"……그냥, 고마워서."

이성민은 한숨을 삼키면서 중얼거렸다.

위지호연과의 만남은 이성민이 전생을 포함해 살아온 평생에서 으뜸가는 기연임이 틀림없었다.

 내공이 크게 늘어난 것에 대한 체감은 확실했다. 위지호연에게서 2할의 내공을 전해 받은 후로, 이성민이 잭의 여관에서 북쪽 성문까지 쉬지 않고 경공으로 달릴 수 있게 되었다.

 지금의 이성민은 이류 무인이라고 할 수준까지 올라왔다. 부족하던 내공은 위지호연 덕분에 보충이 되었고, 자하신공을 익히게 되면서 '미래'라는 것을 도모할 수 있게 되었다.

 이성민의 부족한 재능으로 자하신공의 성취를 얼마까지 올리게 될지는 아직 알 수가 없었지만, 적어도 미래를 도모하며 희망이라는 것은 가질 수 있게 된 것이다.

 자하신공뿐만이 아니다. 위지호연이 뜯어고치면서 다듬고 있는 구천무극창까지 전수받게 된다면, 신공절학을 두 개나 익히게 되었으니 이성민은 '절대고수'라는 것을 목표로 할 수 있게 된다.

물론 두 개나 되는 신공절학을 익혔다고 해서 반드시 절대 고수가 된다는 법은 없다. 그것은 천재 중의 천재만이 향할 수 있는 영역이기 때문이다.

'전생보다는 낫지.'

이류 무공을 10년 동안 익혔고, C급 용병에 이류 무사로 마무리 지었던 삶에 비하자면 지금의 삶은 얼마나 희망찬가.

쥐뿔도 없는 재능이 걸리기는 하지만, 적어도 성장 발판은 충분히 마련했다.

노 클래스의 성장력과 하급 무골의 성장 보정치로 인해 어느 정도 수준까지는 성장이 가능할 것이다.

"소협."

평소처럼 숲으로 들어가기 위해 북쪽 성문을 지나려던 찰나였다. 누군가가 이성민에게 말을 걸었다. 이성민은 멈칫하고서 뒤를 돌아보았다. 말쑥하게 생긴 청년이 이성민을 보고 있었다. 이성민은 머리를 갸웃거리면서도 재빠르게 눈을 움직여 청년의 옷차림을 살펴보았다.

청년은 무복을 입었다. 말투에서도 알 수 있었지만, 청년은 무림인이었다. 이성민은 청년의 허리에 걸린 검을 힐긋 보면서 대답했다.

"네?"

"소협은 무림인이지요?"

직설적인 질문이었다. 아무래도 저 청년은 이 세계에 대해서 확실하게 이해하고 있는 모양이었다. 이성민은 잠깐 동안 고민했다.

이성민은 노 클래스다. 무공을 익히고 사용하고는 있지만, 상태창에서 이성민의 직업란은 노 클래스로 표시되어 있다.

그 외에 새로운 직업을 추가하기 위해서는 문파나 길드 같은 곳에 가입해야 한다. 지금의 이성민은 아직 문파나 길드 같은 곳에 가입하지 않았다.

"네."

하지만 이성민은 태연하게 거짓말을 했다. 노 클래스가 무공을 익히고 내공의 양도 제법 된다는 것이 말이 안 되기 때문이다.

위지호연에게 이미 한 번 지적당했으니, 이성민은 그에 대해서는 앞으로도 조심해 둘 생각이었다.

"오오, 역시 그렇군. 경신법이 능숙한 듯하여 눈여겨보았었소. 혹 괜찮다면 어느 문파에서 수학하였는지 들을 수 있겠소이까?"

청년이 반색하면서 물었다. 자연스럽게 칭찬을 하면서 탐색을 내포한 질문이었다. 이성민은 머리를 가로저으면서 대답했다.

"그것은 알려드릴 수 없습니다. 이곳이 중원 무림이 아니라고 한들, 제가 수학한 문파에 대해서 함부로는 발설하고 싶지 않습니다."

이성민은 살짝 굳은 얼굴을 하고서 대답했다. 그는 의도적으로 의심스러운 표정을 지었고, 그런 시선을 보냈다. 이성민의 말에 청년이 머리를 끄덕거렸다.

"그렇군. 내가 너무 무례한 질문을 한 것 같소."

청년은 그렇게 말하면서 포권을 취했다.

"내 이름은 운희룡이라 하오. 중원에 있었을 적에는 난파검(難破劍)이라는 별호로 불렸지."

"……이성민이라고 합니다. 별호는 없습니다."

"그렇소? 소협의 무공은 나이에 비해서 굉장히 준수한 편인데……."

"가문에서 나가본 적이 없기에……."

이성민이 말끝을 흐렸다. 전생에 보고 들은 경험 덕에 무림인 흉내는 어느 정도 낼 수는 있었지만, 그것도 어느 정도의 수준이다. 너무 깊은 이야기로 가자면 금세 밑천이 드러날 것이다.

"그런데, 난파검 대협께서는 무슨 일로 저를……?"

"하하! 대협이라니. 그리 불릴 만큼 대단한 놈도 아니외다. 그냥 난파검이라 불러주면 족하오."

난파검이고 뭐고, 이렇게 띄워주는 말을 싫어하는 사람은 드물다. 운희룡은 흐뭇한 미소를 지으면서 말을 이었다.

"다름이 아니오라, 혹 괜찮다면 소협의 도움을 받고 싶어 말을 걸게 되었소."

"제 도움을?"

"흐음, 그러니까……."

운희룡은 턱을 어루만지면서 잠깐 동안 생각에 잠겼다. 어느 정도 생각이 정리된 뒤에 운희룡이 말을 이었다. 이런저런 잡설이 붙기는 했지만 운희룡의 이야기는 이것이었다.

운희룡은 동료들과 함께 오크 부락을 토벌하는 것을 목표로 하고 있었고, 도움이 될 만한 동료를 구하는 중이었다.

"소협 정도의 실력이라면 크게 도움이 될 것 같아 부탁하는 것이오."

운희룡의 목소리에 열정이 실렸다.

"오크. 그 걸어 다니는 돼지 같은 놈들의 부락을 토벌한다면 많은 이득을 취할 수 있을 것이오. 내 동료 중에는 용병 길드에 적을 둔 이도 있는데, 이 일은 용병 길드에서 정식으로 걸린 의뢰라오. 용병 길드 쪽에서 대형 아공간 포켓도 지원해 주겠다고 하였으니 전리품도 넉넉히 챙길 수 있소이다. 또한 의뢰에 성공한다면 보수도 받을 수 있고, 그 역시 공평하게 배분할 것이오."

이성민이 관심을 보이자 운희룡이 직접적으로 설득을 위해 나섰다.

용병 길드에서 내건 오크 부락 토벌 의뢰. 대형 아공간 포켓도 지원해 준다는 것을 보면 제나비스의 용병 길드에서도 이 일에 상당히 공을 들이고 있다는 뜻이다.

"몇 명입니까?"

"나를 포함해서 셋이오. 자잘한 짐꾼도 있고. 소협이 힘을 보태준다면 넷이 되겠지."

"모두 무림인인 겁니까?"

"나를 포함해서 셋이 무림인이고, 한 명은 마법사라오."

"짐꾼이라는 것은……?"

"노 클래스지. 그들은 별 도움이 안 되오. 하지만 짐꾼으로서는 제법 쓸 만할 것이오."

운희룡이 아무렇지도 않다는 얼굴을 하고서 말했다. 별 도움이 안 된다. 냉혹하다 싶기는 하였지만 정확한 평가였다.

"……으음……."

이성민은 고민했다. 오크 부락 토벌. 이성민 혼자서라면 절대로 도전하지 않을 일이지만, 무림인 셋에 마법사 하나라면 성공 가능성은 충분했다.

제나비스의 오크는 그리 강하지 않다. 다른 지역의 오크들은 삼류나 이류의 무인과 대적이 가능할 만큼 강력한 개체도 몇 있기는 하지만 제나비스의 오크들이 그런 것은 아니다.

인간보다는 육체적으로 강한 것은 사실이지만, 사람 죽이는 기술을 전문적으로 배운 무림인의 상대는 아니다.

거기에 마법사가 더해진다면?

이성민은 마법을 직접 배운 적은 없었지만 마법이 갖는 강력함은 잘 알고 있었다.

급이 낮은 마법사라고 하여도 충분한 시간과 조건만 갖춰진다면 상상 이상의 위력을 발휘한다. 무림인 셋이 앞을 막아주는 상황에서, 마법사가 제대로 힘을 쓴다면 오크 부락쯤은 어렵지 않게 쓸어버리는 것이 가능할 것이다.

"보상에 대해서 들을 수 있겠습니까?"

"용병 길드는 이 일의 보상으로 200만 에르를 약속했소."

전생에 용병이었기에, 이성민은 용병 길드의 생리에 대해서는 제법 잘 알고 있었다.

모든 도시에는 용병 길드가 존재하고 있다. 제나비스의 용병 길드는 냉정하게 말하자면 다른 도시의 용병 길드와는 비교가 안 될 정도로 약하다.

그건 어쩔 수 없는 일이었다. 제나비스 근방에 출현하는 몬스터는 대체적으로 나약하고, 제나비스에 처음 도착하는 이계인들은 제나비스에 오랫동안 체류하지 않는다.

제나비스에 몇 년이고 체류하는 것은 대부분이 노 클래스다. 그렇다 보니 용병 길드가 제대로 돌아가지 않는다. 그런 제나비스의 용병 길드에서 오크 부락 토벌로 200만 에르를 걸었다.

목숨을 걸어야 한다는 점을 본다면 200만 에르는 그리 많은 돈은 아닐지 모르겠지만, 애초에 용병 길드라는 것이 그렇다.

언제나 그들이 내거는 보수는 짜다. 목숨값이라고 생각하기에는 터무니없을 정도로 짜단 말이다.

'그래도 전리품을 매각한다면······.'

오크 놈들이 가지고 있는 장비 중에 건질 수 있는 것이 얼마나 될지도 모르겠지만, 오크라는 것은 고블린과 마찬가지로 마법 재료로써 쓰임새가 꽤 많은 놈이다.

부락 하나의 전리품을 모두 처분한다면 용병 길드에서의 수수료를 떼고서라도 150만 에르는 받을 수 있을 것이다.

총 보수 350만 에르. 배분 비율이 어찌 될지는 모르겠지만 이성민에게 못해도 50만 에르 이상은 떨어질 것이다.

"······배분 비율에 대해 아십니까?"

"인원수대로 나눌 것이오."

운희룡이 대답했다.

이성민은 다시 침묵했다. 50만 에르. 제나비스에서 이 정도로 굵직한 의뢰를 노 클래스로 맞닥뜨리기는 힘들다. 어떻게 해야 할까.

위험성은 있다. 그 위험성이라는 것은 어디까지나 저들을 믿을 수 있는가에 대한 것이었고, 이성민은 생면부지의 타인인 운희룡을 믿을 생각은 없었다.

이것을 기회로 봐야 할까, 위험으로 봐야 할까. 위험성을 감수하면서 받아들일 필요가 있는가?

"좋습니다."

이리저리 수지타산을 해보던 이성민은 머리를 끄덕거렸다.

사실 당장 돈이 급한 것은 아니다. 매일 숲으로 들어가서 하루를 살아가는 최소 자금 이상은 벌어들이고 있고, 잡다한 부수입도 챙길 수 있는 것은 최대한 챙겨두고 있기 때문이다.

하지만 돈은 많을수록 좋다. 그것은 전생이고 현생이고 간에 결코 변하지 않는, 불변의 진리였다. 이성민은 언제까지고 제나비스에 남아 있을 생각은 없었다.

앞으로 열 달 뒤에 있는 노 클래스 토너먼트에서 우승해서 성령단을 받는다면 곧바로 제나비스를 떠날 생각이었다.

여행 자금을 모아둬야 한다. 제나비스를 떠난 뒤에는 본격적으로 장비도 마련해야 할 테니 목돈을 모을 기회가 있다면 챙겨둘 생각이었다.

'게다가 지금의 나는 용병 길드에 가입할 수는 없으니까.'

노 클래스 파이트에 출전하기 위해서는 노 클래스 외에 직업은 갖춰선 안 된다. 돈을 모으기 위해서는 일단 용병 길드에 들어가는 것이 좋기는 하지만, 노 클래스 파이트를 목적으로 두고 있는 이성민은 용병이 될 수는 없었다.

"잘 생각했소이다."

이성민의 대답에 운희룡의 얼굴이 환해졌다.

"쇠뿔도 단김에 빼는 것이 좋다 생각하는데, 어떻소이까? 이미 우리는 준비가 되어 있소."

"지금 바로 가자는 말입니까?"

이성민이 놀란 얼굴을 하고서 되물었다. 너무 성급한 것이 아닌가 싶었기 때문이다. 하지만 운희룡은 이성민의 물음에 껄껄 웃으면서 말했다.

"하하! 그래 봤자 두 발로 걷는 돼지들일 뿐. 소협이 걱정할 것은 없소."

그런 주제에 왜 도와달라고 한 건데?

이성민은 운희룡이 내비치는 자신감이 조금 탐탁지 않게 여겨지긴 했지만, 크게 반발하지는 않았다.

'정 안 되겠다 싶으면 버리고 튀어야지.'

제 한 몸 뺄 자신은 있었기 때문이다.

이성민은 운희룡을 따라 성문 밖으로 나왔다. 성문 밖에서 숲으로 이어지는 길의 도중에 운희룡의 동료들이 기다리고 있었다.

"너무 어린 것 아니오?"

그렇게 말하는 놈은 얼굴은 삭았고 키는 작았다. 이성민과 비교해도 머리 반 개 정도의 차이밖에 나지 않았다.

"경신법을 펼치는 것을 보았소. 이 소협은 나이는 어려도 출중한 무공을 지니고 있으니 충분히 도움이 될 것이오."

운희룡이 두둔하고 나섰다. 이성민은 슬쩍 앞으로 나서서 포권을 취했다.

"이성민이라고 합니다. 별호는 없습니다."

"……흠, 소원후(小猿猴) 도상량이라고 한다."

작은 원숭이라니. 도상량은 참 별호처럼 생긴 놈이었다.

"흑비도(黑匕刀) 왕패라고 한다."

이어 소개한 놈은 새카만 무복을 입은 놈이었다. 무기는 따로 들지 않았는데, 별호를 보아하니 비도 같은 암기를 주로 쓰는 모양이었다.

자주색 로브를 입은 여자 마법사가 이성민에게 다가왔다.

"레니르라고 해. 벨라스 학파에서 배웠는데…… 어차피 넌 벨라스 학파가 뭔지도 모르겠지?"

당연히 모른다. 무공이라는 것은 구파일방이니 하며 다른 무림 출신이어도 어느 정도 공통된 부분이 있곤 하는데, 마법 학파라는 것은 종류가 너무 다양했기 때문이다.

"……저쪽 분들은?"

이성민이 슬쩍 시선을 돌렸다. 말없이 서 있는 두 명의 남자가 보였다.

"저들은 그저 짐꾼일 뿐이니 신경 쓰지 않아도 되오."

운희룡이 대답했다. 그들은 이성민을 향해 꾸벅 머리를 숙였다. 척 보기에도 이성민보다 나이가 많았지만, 에리아에서는 나이가 그리 중요하지 않다.

에리아에서는 힘 있는 놈이 법이다.

용병이라는 것은 기회주의자다. 선택지를 앞에 두고서 어떤 선택을 해야 더 큰 이득을 챙길 수 있는가.

용병의 가치관이라는 것은 그런 식이다.

또한, 그들은 동료를 믿지 않는다. 의뢰의 보수라는 것은 생존자의 수에 따라 정산 비율이 바뀌는데, 그 보수를 독점하기 위해 상대를 죽이려는 생각을 가진 용병은 한둘이 아니다.

용병 출신인 이성민은 그것을 잘 알고 있었다.

운희룡, 왕패, 도상량, 레니르. 토벌 의뢰를 제안한 일행. 이성민은 저들을 신뢰하지 않는다. 제나비스에서 맞닥뜨리기 힘든 보수에 끌려 함께 오크 부락 토벌을 하기로는 하였지만, 그렇다고 이성민이 저들을 동료로 생각하는 것은 아니었다.

'틈이 보인다면.'

혹은 저들의 태도가 돌변한다면.

어느 쪽이든 배신할 수 있다. 그것은 이성민도 마찬가지였다.

저들은 넷, 이성민은 하나. 머릿수의 차이는 틀림없는 사실이고, 저것은 이성민을 불리한 상황으로 몰아넣는다. 이성민도 그것은 잘 알고 있었다. 그럼에도 따라나선 것은. 오크의 부락은 숲속 깊이 들어가야 나온다. 놈들의 부락은 고블린의 부락보다 더욱 깊은 곳에 있기에 숲에 들어가고서 반나절은 걸어야 한다.

사실 신법을 쓴다면 보다 빠르게 이동이 가능하겠지만, 운희룡이나 도상량, 왕패는 신법을 사용하지 않았다. 그 이유는 이성민도 짐작이 가능했다.

저들은 그리 뛰어난 고수가 아니다. 일행의 리더 격을 맡은 운희룡의 수준이 가장 나았지만, 그런 운희룡도 이류 수준을 간신히 웃도는 정도로 보였다. 내공의 양도 넉넉하지 않고, 복잡한 숲속을 신법으로 달리는 것도 그리 능하지 않다.

그렇기에 일행은 조금 빠른 속도로 걸었다. 전투를 위한 내공을 아끼기 위해서였다.

그들과 함께 이동하면서 이성민은 여러 가지 정보를 알게 되었다.

일행의 리더 격으로 행동하는 것이 운희룡이라는 것도 그런 정보 중 하나였다.

그 외의 정보. 이 의뢰를 물고 온 용병 길드의 소속원은 소원후 도상량이다.

도상량의 용병 등급까지는 알 수 없었지만, 이성민은 도상량이 D급에서 E급 정도일 것이라고 추측했다. 이류의 수준으로 받을 수 있는 등급은 저 정도가 고작이었기 때문이다.

전생의 이성민 역시 이류의 실력을 가지고 있었지만, 그는 C급 용병이었다.

이성민이 C급 용병이 될 수 있었던 것은 순수한 실력 때문이 아닌 경력 때문이었다. 경력이 일천한 도상량은 높아 봐야 D급일 것이다.

벨라스 학파의 마법사인 레니르 역시 용병 길드에 소속되어 있었다. 도상량과 터놓고 말을 하는 것을 보아, 아마 둘은 같은 등급인 모양이었다.

흑비도 왕패는 말이 적은 놈이었다. 그는 첫 소개 이후로 입을 다물고 있었기에 그리 많은 정보를 캘 수는 없었다. 하지만 리더인 운희룡이 대하는 태도를 보아하니, 왕패와 운희룡은 이번 일 이전부터 면식이 있어 보였다.

짐꾼으로 따라온 노 클래스 둘.

그들은 자기소개를 하지도 않았고, 자기들끼리 이야기도 나누지 않았다. 그저 뒤를 따라 걷기만 했다. 짐꾼이라는 이름에 맞게 그들은 등 뒤에 큼직한 배낭을 메고 있었다. 아공간 포켓에 채 담지 못한 전리품들을 담기 위한 가방처럼 보였다.

"허억…… 헉……."

"크흑! 후욱!"

등 뒤에서 노 클래스들이 헉헉거린다. 당연한 일이었다. 숲을 걷는 것은 쉬운 일이 아니다. 지면도 고르지 못하고 나무 그늘 사이로 내려오는 태양 빛은 뜨겁다.

무공을 익힌 무림인들도 땀을 흘리는데, 커다란 가방까지 메고 있는 노 클래스들이 버틸 리는 만무했다.

하지만 누구도 그들을 신경 쓰지 않았다. 가끔 뒤를 힐긋 돌아보면서 그들이 잘 따라오고 있는지 확인해 보고, 너무 뒤로 처진다면 윽박지를 뿐이다.

"조금 쉬었다 가는 것이 어떻습니까?"

결국에 이성민이 그런 의견을 냈다.

"저들을 신경 썼다가는 오히려 우리가 처지게 될 겁니다. 버리고 갈 수도 없고, 저희도 꽤 오래 걸어 지치게 된 것 같으니. 조금이라도 쉬는 것이 좋을 것 같습니다."

"그도 그렇군."

운희룡이 동의했다. 그늘 가 쪽에 모여 앉아 휴식을 취하게 되었다. 노 클래스들이 근처에 주저앉아 호흡을 골랐다.

"둔한 것들."

도상량이 투덜거렸다. 그런 도상량의 곁에는 레니르가 무릎을 모으고서 앉았다. 레니르는 로브의 안쪽에서 자그마한 주머니를 꺼냈다.

주먹만 한 크기의 그것은 이성민이 가지고 있는 아공간 포켓과 비슷한 사이즈였다.

'저게 이번에 용병단에서 지원해 주었다는 아공간 포켓인가?'

대형 아공간 포켓이라고 했다. 크기는 작아도, 저 포켓에 걸려 있는 공간 왜곡 마법은 이성민이 가지고 있는 것과 비교가 안 될 것이다.

레니르가 아공간 포켓에서 간단한 요깃거리를 꺼내 나누어 줬고, 노 클래스들은 알아서 챙겨온 육포 따위를 씹었다.

이성민은 레니르에게 받은 빵을 뜯었다. 빵은 방금 구운 것처럼 따뜻하고 폭신했다. 노 클래스들이 씹고 있는 건조한 육포와는 비교가 안 된다.

"……저들도 용병 길드 소속입니까?"

"응?"

레니르가 머리를 갸웃거렸다. 이성민은 레니르가 말을 이해하지 못한 것 같아서, 시선으로 노 클래스들을 가리켰다.

"아아, 쟤들? 응, 맞아. 용병 길드 소속이지만 용병은 아니지만."

레니르가 대답해 주었다.

견습 용병. 그것은 쉽게 말하자면, 단독으로 의뢰를 수행할 수 없는 용병을 말한다.

사실 용병이라고 할 수도 없다. 견습 용병에게는 용병 등급도 주어지지 않고, 용병 길드의 소속원으로서 받을 수 있는 혜택도 거의 없다.

견습 용병의 존재 의의는, 쉽게 말하자면 용병 길드에서 쉽고 편하게 부려먹을 수 있는 일꾼이라는 것에 있다. 이런 의뢰에서 짐꾼으로 사용하기도 하고, 길드 내에서 잡일을 시키기도 한다.

'용병 길드에 지원했지만 등급을 받을 실력이 안 되었겠지. 그래서 견습 용병이 된 거야.'

등급이 낮은 용병은 길드 내에서 대우가 좋지 않다. 애초에 등급을 갖지 않은 견습 용병이라면 말할 것도 없다. 시도 때도 없이 욕을 처먹고 구타와 갈굼을 받는다.

전생에서 이성민은 최하 등급인 G급 용병에서 시작했다. 그런데도 구타와 갈굼을 일상처럼 받았다. 용병들의 거친 말투와 손찌검은 이성민이 매일매일 자살을 생각하게 할 정도로 지독했다.

G급 용병인 이성민도 그런 갈굼을 받았는데, 등급조차 갖지 않은 견습 용병이 받는 압박은 생각할 것도 없었다. 이성

민은 혀를 차면서 두 명의 견습 용병을 바라보았다.

'그래도 살아야 하니까.'

견습 용병이 이래저래 열악한 직업이기는 하여도, 최소한의 숙식은 보장된다. 아마 저들도 그것을 바라고서 견습 용병이 된 것이리라.

"부락의 오크는 몇 마리 정도입니까?"

"대충 50마리쯤."

도상량이 대답했다. 본래 오크와 고블린은 번식력이 굉장히 강한 놈들이다. 일반적인 오크와 고블린의 부락에는 몇백 마리가 뒤엉켜 살아가는 것이 보통이다.

하지만 제나비스의 오크와 고블린 부락은 그렇게까지 크지는 않다. 많아 봐야 50마리 선이다.

"위험한 일은 없을 것이다. 오크란 놈들은 멍청하고 둔하거든."

도상량이 비웃는 얼굴로 말했다. 이성민은 저런 과한 자신감은 그리 좋아하지 않는다. 저렇게 처음부터 자신감에 차 있는 놈 중 실속이 있는 놈은 그리 많이 보지 못했기 때문이다.

휴식을 끝내고 다시 이동을 시작했다. 이곳부터는 오크의 영역이다. 이성민도 몇 번인가 와본 적이 있는 곳이었다.

"정면으로 갈 겁니까?"

"그럴 생각이오만."

운희룡이 내뱉은 대답을 듣고서 이성민은 한숨을 푹 내쉬었다. 운희룡의 대답도 그러했지만, 용병 길드 소속이라는 도상량이나 레니르도 그런 의견에 동조하고 있었다.

'미친 새끼들. 뭔 깡이야?'

"……너무 무모하지 않겠소이까?"

이성민이 슬며시 의견을 냈다. 마음 같아서는 쌍욕을 하고 싶었지만 그럴 수는 없었다.

"무엇이 무모하다는 것이오?"

"한 마리의 오크가 여러분보다 강하지는 않을 것입니다. 예, 그것은 틀림없겠지요. 하지만 놈들의 숫자는 50이나 되지 않습니까?"

이성민은 최대한 말씨를 고르게 하면서 다른 넷을 설득하려 들었다.

"놈들이 꾸역꾸역 밀려들어 오면서 인해전술을 펼친다면 저희는 지칠 수밖에 없습니다."

"소협은 신중하군."

운희룡이 웃으면서 말했다. 칭찬하는 것인지 비꼬는 것인지 알 수 없는 말투였다. 이성민은 그에 대해서는 크게 반응을 보이지는 않았다.

"오크라는 놈들이 숫자가 많기는 해도 한 마리, 한 마리는 그리 대단하지 못하다. 놈들은 무공을 쓸 수 있는 것도 아니고 내공을 쓸 수 있는 것도 아니야."

"맞아. 앞에서 시간만 끌어준다면 내 마법으로 다 잡을 수 있어."

병신들. 저따위 대가리를 가지고 용병이라니.

오크라는 것에 익숙하지 않은 도상량은 뭐 그렇다고 쳐도 레니르가 저렇게 말하는 것은 제법 의외였다.

아무래도 레니르는 실전에는 그리 익숙하지 않고, 학파 내에서 마법만 익힌 경험 부족의 마법사인 모양이었다.

"저는 오크와 제법 많이 싸워보았습니다. 도상량 대협이 말한 것처럼 오크는 그리 대단한 놈들이 아닙니다. 하지만 놈들은 무리를 짓고 있고 무식한 만큼 용감합니다. 놈들에게 둘러싸이게 된다면 최악의 사태를 겪게 될지도 모릅니다."

이성민은 그렇게 내뱉고 나서 레니르를 보았다.

"만약 우리가 돌파된다면 레니르 님도 큰 곤경에 빠지게 될 것입니다."

너 뒤진다고.

이성민은 그런 뉘앙스를 내고 싶었던 것을 최대한 참았다.

"……으음, 그러면 어찌하면 좋겠소?"

운희룡이 슬며시 운을 띄웠다. 도상량과 레니르는 경험 부족이고, 운희룡이나 왕패는 오크라는 몬스터에게 그리 익숙하지 않다. 결국 경험이 가장 많은 이성민이 주도할 수밖에 없었다.

"……우선, 레니르 님. 제 견식이 일천해서 그러온데, 벨라스 학파의 마법에 대해 알려주시겠습니까?"

"……벨라스 학파는 바람 마법을 전문적으로 다뤄. 그렇기는 한데…… 내가 쓸 줄 아는 마법 종류가 그리 많지는 않거든?"

레니르가 민망하다는 얼굴을 하고서 대답했다.

역시나.

이성민은 내심 납득했다.

체격도 좋지 않은 레니르가 무림인들이 숲을 가로지르는 속도를 쫓아왔다. 다 큰 성인 남자인 견습 용병들이 땀을 뻘뻘 흘리면서 거친 숨을 몰아쉬는데 레니르는 멀쩡했다.

레니르가 바람 마법을 전문적으로 익힌 마법사라면 납득할 수 있는 일이다. 마법이라는 것은 사람을 쉽게 죽일 수 있는 만큼 편리한 기술이다.

"……좋습니다."

이성민은 한참 동안 생각에 잠겨 있다가 살짝 머리를 끄덕거렸다. 이성민이 입을 열자 다른 이들이 이성민을 바라보았다.

"오크들을 나오게 합시다."

여러 가지 방법을 떠올려 보았고 시뮬레이션을 돌려보았다.

반드시 이리된다는 보장은 없지만, 이성민이 괜히 G급에서 C급 용병까지 올라갔던 것은 아니다. 10년 동안 용병 생활을 한 경험은 그대로 가지고 있다.

"오크는 자기 영역에 대한 개념이 명확한 몬스터입니다. 우선…… 레니르 님이 놈들의 부락 근처에서 마법을 써서 놈들의 마을 쪽으로 '냄새'를 날려주십시오."

"냄새?"

"네, 인간의 체취 말입니다. 인간의 체취를 맡게 된다면 순찰병들이 냄새의 근원을 사냥하기 위해 마을을 나오게 될 겁니다."

"그럼 내가 위험한 것 아냐?"

레니르가 미간을 찡그리면서 내뱉었다. 이성민은 그 말을 듣고서 머리를 가로저었다.

"몇몇이 매복하고 있다가 레니르 님 쪽으로 가는 오크들을 덮칠 겁니다. 그사이에 레니르 님은 공격 마법을 준비해서 오크들과의 전투를 도와주십시오."

"그것으로 끝이오?"

"아닙니다. 저희는 두 번에 걸쳐 오크들을 마을에서 끌어낼 겁니다."

이성민은 레니르와 도상량을 바라보았다.

"신호탄을 가지고 계시지 않습니까?"

"……이것 말하는 건가?"

도상량이 품 안에서 손바닥만 한 막대기를 꺼냈다. 용병 길드에서 용병들에게 제공하는 신호탄이다. 막대기의 위를 덮은 뚜껑을 뜯어내고 안쪽과 마찰시킨다면 불이 붙어, 붉은색 연기를 뿜어낸다. 도움을 요청하거나 타깃을 발견했을 때에 사용하는 물건이다.

"놈들의 마을과 조금 떨어진 위치에서 사용할 겁니다. 연기가 뿜어지는 것을 확인한다면 오크들이 경계하여 마을 밖으로 나올 겁니다. 여러분은 오크의 순찰부대가 숲 밖으로 나오는 것을 확인한 뒤에, 레니르 님과 함께 놈들을 끌어내 주십시오."

"소협 혼자서 가겠다는 것이오?"

"교전할 생각은 없습니다. 저도 곧 합류할 테니까 걱정해 주지 않으셔도 됩니다."

"……으음……."

운희룡이 낮은 신음을 흘렸다. 그러다가 그는 머리를 가로저으면서 말했다.

"두 번에 걸쳐 오크들을 끌어낸다면 우리도 둘로 나누는 것이 낫겠지. 소협, 내가 소협과 함께 가겠소."

"……그렇다면 저야 감사하지요."

이성민은 운희룡의 배려를 거부하지는 않았다. 그렇게 일행은 둘로 나뉘었다. 이성민과 운희룡, 그리고 짐꾼 역할을 한 견습 용병 하나가 신호탄을 사용하여 오크들을 끌어낸다. 레니르와 도상량, 왕패, 다른 견습 용병이 마을 근처에서 오크들을 끌어낸다.

"자, 우리도 서두릅시다."

운희룡이 도상량에게서 신호탄을 받고서 기운찬 목소리로 말했다.

"당신, 이름이 뭡니까?"

운희룡과 함께 이동하던 중에 이성민은 뒤를 따라오는 견습 용병을 향해 질문했다. 반나절 정도 함께 행동하고 있었지만, 이성민은 저 견습 용병의 이름도 나이도 알지 못했다. 그나마 들은 목소리조차 지쳐서 헐떡거리는 숨소리가 고작이었다.

"예? 저…… 말입니까?"

견습 용병이 화들짝 놀라 이성민을 바라보았다. 그의 얼굴은 뻘뻘 흘린 땀과 흙먼지 따위로 굉장히 지저분했다. 그 지저분함 너머로 잔주름이 보였다. 세월의 흔적이라기보다는 고생의 흔적과 같은 잔주름이었다.

"당신 말고 누가 있겠습니까?"

이성민이 되물었다.

운희룡은 견습 용병에게 말을 거는 이성민을 힐긋 보기는 했지만 말리거나 하지는 않았다. 이성민은 머뭇거리는 견습 용병을 보면서 투덜거렸다.

 "이름 밝히는 것이 뭐 대단한 비밀인 것도 아니고. 왜 그렇게 주저하고 있는 것입니까?"

 "아…… 죄송합니다."

 "죄송할 것도 없습니다. 나는 용병 길드 소속도 아니고."

 잔뜩 기가 죽어 있는 것을 보니 대충 짐작할 수가 있었다. 운희룡이나 레니르, 둘 중 하나가 시도 때도 없이 갈궈댄 모양이다. 어쩌면 둘이 함께 했을 수도 있고.

 사실 둘뿐만이 아니라 용병 길드에서도 수시로 갈굼을 받았을 것이다.

 "그래서, 당신 이름이 대체 뭡니까?"

 "브…… 브라스라고 합니다."

 브라스가 머리를 조아리면서 대답했다. 이성민은 브라스가 보이는 소극적인 모습에 짧게 혀를 찼다. 그리 보기 좋은 모습은 아니었지만 이해는 할 수 있었다. G급 용병이던 때의 이성민도 저랬기 때문이다.

 "브라스, 솔직하게 말해서 오크들이 몰려올 때 당신을 보호해 줄 자신은 없습니다."

 그 말에 브라스의 얼굴이 하얗게 질렸다.

"선택하십시오. 도망치든가, 아니면 따라오든가."

이성민이 논하는 것은 현실이었다. 현재 이성민의 무위는 이류에서 일류 사이를 오가고 있다.

오크들과의 싸움에서 제 몸 하나를 뺄 자신은 있었지만, 브라스를 보호하면서 싸울 자신은 솔직히 없었다.

'운희룡이 도와줄 것 같지도 않고.'

운희룡은 이성민과 브라스의 대화에는 아예 신경을 끄고 있었다.

이성민이 느낀 운희룡에 대한 첫인상은 친절하고 호의적이었지만, 그런 첫인상이라는 것은 으레 상대적인 법이다. 이성민에게 친절하고 호의적으로 대하였다고 해서 운희룡이라는 인간이 친절하고 호의적인 인간이라는 보장은 없는 것이다.

"도망…… 치라니……."

브라스가 머뭇거렸다. 선택하랍시고 말하기는 했지만, 이성민은 브라스가 도망치지 않을 것이라는 것쯤은 알고 있었다. 물론, 브라스가 도망친다고 해도 이성민은 브라스를 잡지는 않을 것이다.

하지만 도망쳐서 어디로 갈 것인가. 숲 안에서 사는 것은 말도 안 되고, 결국에는 제노미아로 돌아가야 한다.

문제는 브라스에게 제노미아로 돌아갈 수 있을 만한 실력도 없다는 것이다. 어떻게 운이 좋아 돌아간다고 해도 용병 길드에는 또 뭐라고 변명할 텐가?

"도망…… 칠 수는 없습니다."

당연히 그렇겠지. 무사히 제나비스에 돌아간다고 해도 용병 길드에서 온갖 구박을 받을 테니까.

이성민이 브라스의 선택을 알면서도 선택하라고 권한 것은.

"그렇다면. 죽게 되어도 나를 원망하지는 마십시오."

스스로에 대한 위안거리를 만들기 위함이었다. 도망치지 않고 따라오겠다고 말한 것은 브라스다. 이성민은 선택의 자유를 주었다. 비록, 답이 뻔한 선택문이었다고는 하여도.

운이 좋았다. 도중에 오크 순찰병을 마주치지 않았다. 운희룡과 이성민, 브라스는 오크 마을과 제법 떨어진 곳에 도착했다.

이성민은 도상량에게 받아온 신호탄을 꺼냈다. 이성민도 전생에서 몇 번이나 사용해 보았던 것이다.

드넓은 사냥터에서 흩어지게 되었을 때, 신호탄은 굉장히 유용하게 사용된다. 탐색하던 것을 발견하였을 때, 몬스터를 끌어낼 때, 도움을 요청할 때, 그리고…… 죽어갈 때.

죽어갈 때 신호탄을 터뜨리는 이유는 간단하다. 시체를 수습해 달라는 의미다.

이성민의 경우에는 죽어가던 중에 신호탄을 터뜨리지는 않앉다. 그럴 여유도 없이 순식간에 죽어버렸기 때문이다. 애초에 발견되지 않은 던전에 들어가서 죽은 것이기 때문에, 신호탄을 쏴도 누구 하나 와주지 않았을 것이다.

'괜히 다른 용병이 오는 것은 아니겠지.'

그렇게까지 인격적인 놈은 없을 것 같았다. 같은 동료로 시작한 것이라면 모를까, 넓은 숲에서 누군가가 쏘아낸 신호탄을 보고서 도와주러 올 만큼 용병이란 족속들은 인격자가 아니다.

새빨간 연기가 위로 뿜어졌다.

"과연 오크 놈들이 이곳으로 올 것 같소이까?"

운희룡이 물었다. 솟구치는 연기를 보고 있던 이성민이 머리를 돌려 운희룡을 보았다.

"옵…… 올 겁니다."

확언하려다가 애매한 방향으로 바꾸었다. 이성민이야 전생의 경험을 통해 오크가 반드시 올 것이라는 것은 알고 있었지만, 운희룡의 눈에 비치는 이성민은 다를 테니까.

오크는 영역에 대한 개념이 확실하다. 제 영역 안에서 이상이 발생한다면 반드시 그를 확인하기 위해 온다. 놈들은 사고방식이 단순하기 짝이 없기에, 이곳에서 쏘아내는 신호탄이 놈들을 꾀어내려는 함정이라는 생각 따위는 하지 않을 것이다.

'인원만 충분하다면 함정이라도 파둘 텐데.'

셋이서 오크들을 곤란하게 만들 만한 함정을 파는 것은 쉬운 일이 아니다. 작정하고 달려들어도 한참이 걸릴 것이고, 그렇게 늑장을 부리다가 밤이라도 되어버린다면 진퇴양난에 빠져 버린다.

만약 시간적인 여유가 제법 있어서 함정을 파는 것에 성공한다고 치자. 그리함으로써 발생한 체력 손실은 어찌할 텐가?

"숨읍시다."

붉은 연기가 하늘 높이 솟구치는 것을 확인하고서, 이성민이 말했다. 이성민은 품 안에서 아공간 포켓을 꺼냈다.

"그건……?"

운희룡이 놀란 표정을 지었다. 설마 이성민도 아공간 포켓을 가지고 있을 것이라는 생각은 하지 못했다는 얼굴이었다.

"우연히 구할 기회가 있었습니다."

이성민은 그렇게 대답해 주고서 아공간 포켓에서 큼직한 물통을 꺼냈다. 그러고는 흙바닥 위에 물을 콸콸 부었다. 충분히 물과 섞인 흙이 진흙이 되었다.

"무엇을 하려는 것이오?"

"진흙을 몸에 발라 냄새를 가릴 겁니다."

"오오, 좋은 생각이오."

운희룡이 탄성을 터뜨렸다. 이성민은 먼저 진흙탕 위를 뒹

굴어 전신에 진흙을 묻혔다. 그 뒤에는 브라스가 진흙탕 위를 뒹굴었고, 마지막으로는 운희룡이 전신에 진흙을 펴 발랐다.

"소협은 나이와는 다르게 굉장히 경험이 많은 듯하오."

"……스승님에게 배웠습니다."

"훌륭한 스승님이시로군."

운희룡은 이성민이 품 안에 넣은 아공간 포켓을 한 번 힐끗거리고서 대답했다. 이성민은 운희룡의 그런 시선을 기억해 두었다.

바닥에 납작 엎드린 브라스의 몸이 바르르 떨린다. 겁에 질리는 것이 당연하다. 이성민은 그런 브라스를 무시하고서 아공간 포켓에서 꺼낸 창을 조립해 옆에 내려놓았다.

"소협은 창을 쓰는 것이오?"

"예."

"그렇군."

운희룡은 그 질문을 끝으로 더 이상 말을 걸지 않았다. 이성민은 경계심을 끌어올리고서 호흡을 낮추었다. 이성민과 운희룡의 사이에는 브라스가 누워 있었는데, 그것은 이성민의 의도대로였다.

이성민은 운희룡을 믿지 않는다.

운희룡이 아공간 포켓을 보던 시선은 이성민이 잘 알고 있는 시선이었다.

탐욕.

운희룡의 시선에는 진한 탐욕이 담겨 있었다. 저런 눈을 가진 놈을 믿어서는 안 된다.

"크륵!"

소리가 들린다. 십여 마리의 오크가 경계를 갖추고서 신호탄의 연기가 뿜어지는 곳으로 다가오고 있었다.

짙은 수풀 너머에서 엎드려 있는 이성민은 다가오는 오크들의 장비를 확인했다. 다들 체격이 건장하고 조악하나마 무기를 갖추고 있다. 부락의 주력이라고 할 수 있을 젊은 오크들이다.

'부락의 오크는 50마리 정도라고 했었지. 절반은 여자와 늙고 어린놈들이라고 한다면…… 꽤 많이들 나왔군.'

오크는 철저하게 남성 위주의 사회다. 여성 오크는 전사가 아닌 씨받이의 역할이다. 여성 오크들은 싸움도 제대로 하지 못한다.

늙은 오크들도 마찬가지다. 오크는 빠르게 성장하여 비교적 오랫동안 젊은 육체를 유지하지만, 그 뒤에는 빠르게 노화가 찾아온다.

오크들에게 노인 공경 따위는 없다. 효성(孝誠)도 없다. 늙은 오크는 마을의 머릿수만 채우는 잉여 인력이면서 가혹한 상황에서 쓰이는 비상식량이다.

오크는 같은 오크도 포식하는 야만적인 종족이다.

'빈집털이가 이상적이기는 하지만…… 마을에 여성 오크와 늙은 오크만 남아 있어도 일이 굉장히 쉬울 거야.'

젊은 오크들이 십여 마리나 나온 만큼 부담이 커지기는 했지만, 일단 끌어냈으니 작전은 성공이다. 용병 길드의 의뢰는 오크 부락의 전멸이다.

"가죠."

"잠깐."

운희룡이 이성민을 제지했다.

"짐꾼을 먼저 내보내는 것이 어떻소?"

"……예?"

"짐꾼을 먼저 내보내 시선을 끌고 그 뒤에 우리가 덮치는 것이 낫지 않겠소이까?"

운희룡의 제안은 인정은 없었어도 이성적이었다. 브라스를 내보낸다면 당연히 오크들은 브라스를 죽여 버릴 것이다.

그러는 와중에 놈들의 신경이 분산될 것이고, 이성민과 운희룡이 그 틈을 덮친다면 놈들을 빠르게 전멸시킬 수 있을 것이다.

브라스의 안색이 하얗게 질렸다. 브라스의 입술이 덜덜 떨린다. 비명이라도 지르고 싶은 마음이겠지만…… 브라스는 비명을 지를 수가 없었다. 어느새 다가온 운희룡의 손이 브라스의 입을 틀어막았기 때문이다.

"……."

이성민은 침묵했다. 그는 이 상황에서 브라스의 목숨을 챙겨줄 의리 따위는 가지고 있지 않았다. 하지만 그렇다고 해서 브라스를 죽음으로 밀어 넣는 것에 무작정 동의하고 싶은 마음도 없었다.

결국에는 이성민도 노 클래스였기 때문이다.

"굳이 그럴 필요가 있겠습니까?"

"이쪽이 효율적이잖소."

"차라리 제가 먼저 나가겠습니다."

이성민이 말했다. 그 말에 브라스의 눈이 휘둥그레 떠졌고 운희룡은 이성민의 얼굴을 물끄러미 바라보았다.

그 시선을 받으면서 이성민은 다시 한번 확신했다. 운희룡이 결코 호인(好人)이 아니라는 것을 말이다.

"그리하시오."

운희룡이 말했다. 이성민은 브라스의 시선을 무시하고서 호흡을 삼켰다.

오크 전사의 숫자는 열셋. 할 수 있을까?

해야 한다. 괜한 오지랖, 괜한 선심, 아니, 이 경우에는 동정인가.

뭐, 거창한 인연이 있는 것도 아니다. 친분이 있는 것도 아니다. 같은 노 클래스니까. 그것이 전부다.

지켜줄 의리는 없다. 말은 그렇게 했었어도 만약에 싸우던 도중에 브라스가 오크에게 공격을 받는다면, 이성민은 브라스를 도와주었을 것이다.

이성민은 그런 사람이었다. 이성민이 수풀을 뚫고 뛰쳐나간다. 자하신공이 내공을 끓인다. 단전 속의 내공이 부글부글 끓다가 전신으로 퍼져 나간다.

사실은 이렇다. 이성민이 위지호연에게 내공을 받지 않았더라면 그는 브라스를 도우려 들지 않았을 것이다.

이성민이 베풀 수 있는 호의라는 것은 이런 식이었다. 자신이 감당할 수 있는, 자신에게 피해가 가지 않는 선에서 베푸는 호의.

호의만 있는 것은 아니었다. 이렇게 먼저 나서고, 먼저 실력을 보이는 것에 의미가 있다.

오크들이 수풀 너머에서 튀어나온 이성민을 돌아보았을 때, 일뢰주법을 펼친 이성민은 이미 가까운 오크의 목을 창으로 꿰뚫고 있었다.

오크는 비명조차 지르지 못하고 절명했다. 이성민은 박힌 창대를 팔의 움직임만으로 회수하고서 근처에 있던 오크의 머리를 향해 창대를 휘둘렀다.

빠아악!

둔탁한 소리와 함께 오크의 두개골이 박살 났다.

"퀴에엑!"

"쿠엑! 쿠아악!"

오크들이 괴성을 지른다. 이성민은 몇 걸음 뒤로 물러서고서 자세를 잡았다. 오크들은 대뜸 튀어나온 이성민을 향해 섣불리 덤벼들지 않았다.

아무리 놈들이 지능이 모자라 멍청하다고는 해도 수풀 속에서 뛰쳐나와 순식간에 오크 둘을 죽인 이성민에게 무턱대고 덤빌 만큼 미련하지는 않았다.

오크들이 슬금슬금 다가온다. 선두에 선 놈들은 젊고 용맹한 놈들이었다. 놈들은 이성민에 대한 살의를 내비치면서 송곳니를 내보이면서 얼굴을 일그러뜨렸다. 꽉 쥔 무기가 위협적으로 앞으로 내밀어진다.

이성민은 창을 양손으로 단단히 잡았다. 창은 길이가 길다. 길이가 길다는 것은 충분한 거리가 있다면 상대를 먼저 공격할 수 있다는 이점을 갖는다. 그것이 창술의 기본이다.

이 거리를 어떻게 활용하고, 어떻게 유지하는가.

창법의 묘리는 간단하다. 상대가 거리를 파고들어 오기 전에 상대를 죽이면 된다.

그것은 위지호연의 설명이었다. 말은 쉽지만 하는 것은 쉽지가 않다.

위지호연이 '간단하다'고 말한 것은 이성민에게 있어서는 결코 간단한 일이 아니다. 이성민과 위지호연의 재능은 하늘과 땅 차이다.

"크아아!"

오크가 뛰쳐나간다. 이성민의 눈이 부릅 뜨였다. 창을 잡은 이성민의 양팔에 힘이 들어갔다.

추혼창법 삼식(三式), 분뢰격(分雷擊).

퍼퍼퍽!

달려들던 오크 세 마리의 가슴을 창이 꿰뚫는다. 근력이 부족했다.

아니, 타이밍인가.

내공의 부족함이라기보다는 육체의 미숙함 때문이었다. 두 마리의 가슴은 꿰뚫고 회수하는 것에 성공했지만, 마지막 한 놈의 가슴은 완전히 꿰뚫지 못했다.

'그것'을 의도했다. 미숙한 창법. 그 의도를 내비치는 상대는 수풀 속에 숨어 있는 운희룡이었다.

펼친 초식에 따라 무공의 고하를 확인하게끔 보여준 것이다. 그것으로 운희룡에게 '인상'을 남겨준다.

그것을 활용할 기회가 올 것인가, 말 것인가.

이성민은 어느 쪽이든 좋았다.

추혼창법의 일식, 일격일살을 펼친다. 창대를 잡은 손을 미끄러뜨리면서 몸을 가속시키고, 왼 손바닥으로 창대를 후려친다.

빠아악!

반쯤 박혔던 창이 아예 오크의 몸을 꿰뚫었다.

'다섯 죽였어. 남은 것은……'

여덟.

이성민의 등 뒤의 수풀이 흔들렸다.

"도와주겠소!"

운희룡. 저 얄미운 새끼가 호기 넘치는 목소리로 외쳤다.

"소협은 고수로군!"

운희룡이 껄껄 웃으면서 말했다. 이성민은 호흡을 고르면서 운희룡의 얼굴을 노려보았다. 전투는 끝났다. 열셋의 오크는 이성민과 운희룡에 의해 모조리 도륙되어 바닥에 널브러졌다.

"감사합니다."

이성민은 창에 달라붙은 살점과 핏물을 떨쳐 내면서 대답했다. 수풀 너머에서 몸을 낮춰 숨어 있던 브라스가 엉금엉금 기어 나왔다. 그는 하얗게 질린 얼굴로 오크들의 사체를 보았고.

"우읍!"

구토감을 느낀 것인지 입을 틀어막았다. 운희룡은 혀를 끌끌 차면서 브라스를 보며 중얼거렸다.

"저리도 심약해서야. 이보게! 토악질은 그만하고 여기 와서 사체나 담게. 그러니까…… 눈깔을 뽑아 오라고 하였던가?"

"예, 예에……."

먹은 것을 죄다 게워낸 브라스가 비틀거리며 다가왔다. 용병 길드에서 지원해 준 대형 아공간 포켓이 있었다면 이곳에서 죽은 오크들을 죄다 담아낼 수 있었을 것이다.

하지만 그 아공간 포켓은 도상량과 레니르 쪽이 가지고 있다.

브라스가 단검을 꺼냈다. 그는 덜덜 떨면서 오크들의 사체 쪽으로 다가가더니 오크의 머리를 붙잡고서 눈깔을 후벼 파내기 시작했다. 오크의 눈깔에 가치 같은 것은 없다. 다만, 저것은 용병 길드에게 제출할 증거품으로 쓰인다.

"도와드리겠습니다."

브라스의 손길이 답답했기에 이성민이 나섰다.

"혹시 남는 단검 있으십니까?"

"아, 예. 여기 있습니다."

이성민은 능숙하게 오크의 눈깔을 뽑아냈고, 브라스는 이성민이 뽑아낸 눈깔들을 급히 받아다가 가방에 집어넣었다.

멀찍이서 그를 보고 있던 운희룡이 말을 걸었다.

"소협은 의(義)롭구려."

"별로 그렇지도 않습니다."

이성민은 대충 대답하고서 손에 묻은 피를 입은 옷에 벅벅 문질러 닦아냈다.

이제는 기다리기만 하면 된다. 도상량과 레니르, 왕패 쪽이 일을 마친다면 신호탄을 쏘아낼 것이다.

신호탄이 쏘아졌다.

"소협은 겉으로 보이는 모습과는 많이 다른 듯하오. 신중하고, 경험도 많은 듯해."

"스승님께 배웠습니다."

"훌륭한 스승님이오. 아마 소협이 그대로 성장한다면, 분명 이름을 떨칠 수 있는 고수가 될 수 있을 것이오."

신호탄이 쏘아진 곳으로 향하면서, 운희룡과 이성민은 이야기를 나누었다. 이성민은 운희룡의 뒤에서 걸었다.

"그렇게 말해주셔서 감사합니다."

"하하, 느낀 그대로 말하는 것뿐인데 무엇을. 자, 빨리 갑시다. 그들이 기다리고 있을 것이오."

거리가 제법 되기는 했지만 서두른 덕에 그리 오래 걸리지는 않았다. 연기의 근원지에 도착했을 때, 가장 먼저 보인 것은 오크의 사체들이었다. 열댓 마리의 오크가 사체가 되어 널브러져 있었다.

"그쪽은 어떻게 되었수?"

바위에 걸터앉아 호흡을 고르고 있던 도상량이 말을 걸었다. 그는 제법 지친 모양새였다. 도상량의 곁에는 레니르가 앉아 있었는데, 그녀 역시 안색이 창백한 것이 제법 무리를 많이 한 듯했다.

"다 잡았소이다."

운희룡이 대답했다. 대답하는 중에, 운희룡은 왕패와 한 번 눈을 맞추었다. 운희룡의 뒤쪽에 선 이성민은 왕패의 시선이 움직이는 것을 볼 수 있었다. 왕패가 한쪽 눈을 찡그렸는데, 그것은 마치 무언가의 신호인 것처럼 보였다.

'……이것 봐라?'

뭔가의 신호를 주고받는다. 저런 방식을 취하는 것은 운희룡이나 왕패가 전음을 사용할 수 있을 정도의 고수가 아니기 때문이었다.

물론 확신은 없다. 단순히, 왕패가 한쪽 눈이 간지러워서 눈을 찡그린 것일 수도 있다. 하지만 이성민은 그렇게 쉽게 넘기지는 않았다. 의심은 준비를 할 수 있게끔 만들어주니까.

우선, 관계도를 떠올려 본다. 도상량과 레니르는 같은 용병 길드 소속이다. 오크 토벌의 의뢰를 들고 온 것도 그 둘이고,

용병 길드에 소속된 이상 가지고 온 의뢰는 어떻게든 토벌해야 한다.

견습 용병인 브라스와 다른 한 명도 처지는 똑같다. 그들 역시 용병 길드에 소속되어 있다.

하지만 운희룡과 왕패는?

용병 길드에 소속되어 있지 않다. 이야기를 들어보니, 도상량이 의뢰를 함께 수행할 동료를 구하고 있던 중에 운희룡과 왕패가 지원했다던 모양이다.

'운희룡과 왕패는 서로 알던 사이야.'

그것은 틀림없는 사실이다. 의심을 확신으로 발전시킬 단계는 아니지만, 이성민은 '의심이 간다'는 사실 자체만은 확실하게 염두에 두었다.

문제는, 놈들이 무엇을 노리느냐다.

"자, 그러면 부락에 남은 잔당들을 청소하러 갑시다."

운희룡이 기운찬 목소리로 말했다. 도상량과 레니르는 아직 피로가 완전히 회복되지 않은 듯했지만, 머리를 끄덕거리면서 몸을 일으켰다.

"막상 싸워보니, 그리 대단할 것도 없는 놈들이었어."

'새끼, 센 척 조지네.'

도상량이 하는 말을 들으면서 이성민은 헛웃음을 삼켰다. 고작 열댓 마리의 오크를 상대로 싸웠으면서도 지쳤다.

마법사인 레니르가 준비 시간을 갖추고 싸웠는데도 지쳤다는 것을 볼 때, 애초에 계획했던 대로 오크 부락에 쳐들어갔다면 몰살당했을 것이 틀림없었다.

하지만 그럴 걱정은 사라졌다. 두 번에 걸쳐 오크 전사들을 끌어낸 덕분에 오크 부락에는 전사가 거의 남지 않았을 것이다.

늙은 오크와 암컷 오크는 크게 위협적이지 않고, 그나마 위협적이라고 할 수 있는 것은 어린 오크들이다.

"도상량 대협의 말이 맞소이다. 오크란 놈들, 싸워보니 별것도 아니었소."

운희룡이 말을 받았다.

"쓸모없을 정도로 말이오."

운희룡이 덧붙였다.

그 순간이었다. 양팔을 아래로 내리고서 걷고 있던 왕패의 손이 위로 치솟았다.

슈왁!

왕패의 소매가 크게 흔들리더니, 시커먼 색의 비도가 쏟아졌다.

"악!"

레니르의 입에서 비명이 터져 나왔다. 그녀는 가슴에 깊이 박힌 비도를 보고서 경악스러운 표정을 지었다. 레니르가 입을 벌려 무어라 말을 하려고 했지만 목소리 대신 왈칵 솟은 피가 흘러나왔다.

"어?"

레니르의 옆에서 함께 걷고 있던 도상량의 눈이 크게 떠졌다.

그 순간이었다. 운희룡이 허리에 걸려 있던 검을 뽑더니 도상량에게 달려들었다.

까앙!

운희룡이 휘두른 검과 이성민의 창이 부딪혔다. 졸지에 목숨을 부지하게 된 도상량이 엉거주춤하니 뒤로 물러섰고, 이성민은 손아귀에 느껴지는 저항감에 미간을 찡그렸다.

"방해하는군."

운희룡이 중얼거렸다. 그렇게 말은 하였지만, 운희룡은 설마 이성민이 이렇게 빨리 대응할 것이라고는 생각하지 못했다는 표정이었다.

'이럴 줄 알았다. 씨발 새끼.'

이성민의 미간이 찡그려졌다. 운희룡과 왕패의 태도가 심상치 않고, 뭔가 서두르는 기색이 보이길래 경계하고 있었기에 망정이지 넋 놓고 있었다면 대응하지도 못했을 것이다.

"우, 운 대협. 이게 대체 무슨……?"

병신 같은 새끼.

이성민은 등 뒤에서 머뭇거리는 도상량을 한심하게 여겼다. 레니르가 공격당해 뒈졌는데도 아직도 상황 파악을 하지 못했단 말인가?

"그냥 편히 가시오."

운희룡이 대답했고, 왕패가 움직였다.

슈왁!

왕패가 던진 비도가 도상량에게 날아갔다. 흠칫 놀란 도상량이 급히 몸을 비튼다. 왕패가 던진 비도가 도상량의 어깨를 아슬아슬하게 스치고 지나갔다.

"이놈들!"

그제서야 도상량이 상황을 파악하고서 노성을 터뜨렸다. 도상량은 맨손으로 왕패에게 달려들었다. 도상량은 무기를 쓰지 않는다. 권각술과 외공을 함께 익힌 모양이었다.

"이유라도 물읍시다."

그렇게 묻는 이성민의 태도에는 희미한 여유가 묻어 나오고 있었다.

도상량과 왕패. 둘의 실력은 고만고만해 보였지만 지친 도상량과는 다르게 왕패는 꽤 멀쩡해 보였다.

그것은 둘이 사용하는 무공이 판이하기 때문이었다. 걸찍이서 비도만 휙휙 던지는 왕패와는 다르게 도상량은 맨몸으로 오크에게 덤벼들어 싸웠다. 체력 손실을 본다면 도상량이 왕패보다 더 큰 것이 당연했다.

하지만 도상량은 왕패와의 싸움에서 승리할 것이다. 비도를 던지는 것으로 체력을 보존한 왕패, 체력을 잃은 도상량. 그 차이를 만든 것처럼 둘이 사용하는 무공이 다르기 때문이다.

"별것 아니오."

운희룡이 중얼거렸다. 그는 경계 어린 표정을 지으면서 슬며시 발을 뒤로 끌었다.

운희룡은 이성민과 함께 행동하면서 이성민의 실력을 보았었다. 나이는 어리다고 해도 쉬운 상대가 아니라는 것쯤은 알고 있었다. 마음 같아서는 레니르 대신에 이성민을 죽이고 시작하고 싶었다. 하지만 아쉽게도 그럴 틈이 나오지 않았다.

"저들이 용병 길드에서 지원받은 아공간 포켓. 그것만 팔아도 수백만 에르를 벌 수 있을 것이오."

"그러겠지."

역시 그건가.

처음에는 용병 길드의 의뢰금을 독차지하려는 것인가 했다. 하지만 그것은 불가능하다. 의뢰를 받은 도상량이나 레니르가 죽는다면 왕패와 운희룡이 오크 마을을 토벌했다고 용병 길드에 증거를 제시해 봤자 의뢰금은 받을 수 없다.

결국 운희룡과 왕패가 일행의 뒤통수를 쳐서 얻을 수 있는 이득이라고 한다면 용병 길드에서 지원해 준 대형 아공간 포켓뿐이다.

운희룡의 말이 맞다. 저 정도 성능의 아공간 포켓이라면 장물로 팔아넘겨도 수백만 에르는 받을 수 있을 것이다.

"등신 새끼들. 뻘짓하고 있네."

이성민이 비웃음을 지으면서 이죽거렸다. 대뜸 바뀐 이성민의 말투에 운희룡이 놀란 표정을 지었다.

"……뭐?"

"뻘짓하고 있다고, 개병신 새끼들아. 용병 길드가 지원한 아공간 포켓을 팔아넘긴다고? 하하! 무식하면 용감하다더니, 딱 그 꼴이야."

이성민은 진심으로 비웃음을 터뜨렸다. 비웃음과 동시에 이성민은 운희룡의 뻘짓에 고마움을 느꼈다.

덕분에 용병 길드의 보수를 나눌 때의 정산 비율이 파격적으로 오르게 되었다.

"……무슨 말을 하는 것이오?"

"이 븅신 새끼야, 그렇게 쉽게 팔 수 있는 것이라면 용병 길드가 왜 아공간 포켓을 쉽게 지원해 주겠냐? 어? 왜 용병들이 지원받은 아공간 포켓을 들고 안 튀겠어?"

전생에서 이성민은 용병이었다. 그렇기에 용병 길드의 지원품을 들고 튀거나 팔아넘기는 것이 얼마나 병신 같은 일인지 잘 알고 있었다.

"튀면 뒈져, 병신 새끼야."

용병 길드는 호구도 아니고 병신도 아니다. 대형 아공간 포켓 같은 고가의 물건을 무상으로 지원해 주는 것은 그것을 '반드시' 회수할 수 있다는 자신이 있기 때문이다.

모든 용병 길드의 지원품은 최상급의 추적 마법이 걸려 있다. 들고 도망친다면 그 즉시 용병 길드의 추적자가 붙는다.

"네 실력은 고작해야 이류. 일류는 넘볼 수도 없지. 아냐? 네 수준이면 용병 길드에서 잘해봐야 C급이야. 그런데, 그런데 말이야…… 네가 그걸 들고 튀면. A급 이상의 용병들이 추적자로 붙는다."

용병 길드의 등급은 직관적인 힘의 척도다. 이류 수준의 실력이라면 아무리 뛰어나 봐야 결국에는 이류. C급에 머무른다.

간혹 경험이 뛰어난 이류 수준의 용병이 B급으로 올라가는 경우가 있기는 하지만, 그것은 그들이 C급 이상의 경험을 가지고 있기 때문이다.

보통의 B급 용병은 일류의 실력을 가지고 있다. 그중 유별나게 실력이 뛰어난 일류의 무인이 A급의 등급을 받는다.

"S급 용병은 절정고수다. 너 정도의 실력으로 절정고수의 추격에 벗어날 수 있을 것 같아? 푸하하! 팔아넘긴다고? 지랄

하고 있네. 너희는 다음 도시에 도착하기도 전에 이 숲에서 뒈질 거다."

"……이 새끼……!"

이성민의 이죽거림을 들은 운희룡의 얼굴이 일그러졌다. 그는 어울리지도 않던 경어를 집어치웠다.

"왜, 씨발놈아. 팩트로 처맞으니까 아프지?"

꾸욱.

창대를 잡은 이성민의 손에 힘이 들어갔다.

파악!

운희룡이 앞으로 뛰어나왔다. 그는 보법을 밟으면서 이성민과의 거리를 좁히려 들었고, 이성민은 위지호연의 조언을 떠올리면서 펄쩍 뛰듯이 뒤로 물러섰다.

자하신공의 내공이 전신으로 퍼져 나갔다. 자동차에 시동을 건 것처럼.

쿠르르릉!

이성민의 단전에서 솟구친 자하신공의 내공이 기혈로 퍼져 나간다.

이성민은 눈을 번뜩거리며 운희룡의 움직임을 보았다. 운희룡은 이성민이 즉각적으로 뒤로 물러서자 섣불리 덤벼들지 않았다.

운희룡의 행동이 무의미한 것이 되었다고는 하나, 이제 와서 물러설 수는 없는 노릇이었다. 이미 운희룡과 왕패는 레니르를 죽였다.

 죄송합니다. 실수였습니다. 저희가 잘못했습니다. 그렇게 말해봐야 용병 길드를 납득시킬 수는 없다.

 살인멸구(殺人滅口).

 운희룡과 왕패는 그것을 선택했다. 용병 길드의 추적 마법 때문에 아공간 포켓은 챙길 수 없겠지만, 그래도 잡다한 전리품 정도는 챙길 수 있을 것이다.

 운희룡은 이성민이 사용했던 아공간 포켓을 떠올렸다. 공간 확장 마법의 수준까지는 알 수 없었지만, 팔아넘긴다면 제법 돈이 될 것이다.

 "으아아앗!"

 등 뒤에서는 왕패와 도상량이 피 터지게 싸우고 있었다. 둘 중 누가 이기느냐에 따라 이성민과 운희룡 둘 중 하나가 크게 불리해진다.

 그것이 운희룡을 초조하게끔 만들었다. 이성민은 몸을 돌리고 있어 도상량과 왕패의 싸움을 보지 못했지만, 운희룡은 그것을 보고 있었기 때문이다.

 왕패는 비도술을 주로 사용하는데, 비도는 암습 같은 것에는 좋아도 저런 식의 정면승부에서는 이점이랄 것이 없다. 쥐고 휘두르려 해도 길이가 너무 짧기 때문이다.

게다가 비도라는 것은 한 번 던지면 끝이다. 진정한 비도의 고수들은 던진 비도를 회수하는 제각각의 방법을 가지고 있고, 저런 식의 정면승부와 근접전에서 사용할 다양한 수법을 가지고 있겠지만 왕패는 그런 고수가 아니었다. 왕패는 좋게 쳐줘 봐야 이류의 실력이다.

왕패가 처음 기습에서 도상량을 쓰러뜨리지 못한 것. 이미 그 순간에 승부가 갈린 것이다. 지금의 왕패가 할 수 있는 것은 운희룡이 얼른 이성민을 죽이고 자신을 도와주는 것을 기대하며 버티는 것뿐이었다.

'도상량이 유리해.'

이성민은 뒤를 돌아보지 않아도 상황은 어느 정도 파악하고 있었다.

비도술을 쓰는 놈이 첫 비도를 맞히지 못했다면 이미 끝난 것이다. 절정 이상의 실력을 가진 비도술의 고수라면 모를까 왕패의 역량이라면 버티는 것이 고작이겠지.

'초조함.'

운희룡의 표정을 본다. 짐작만 하는 이성민과는 다르게 직접 보고 있는 운희룡은 굉장히 초조해하고 있었다. 마음이 흔들리는 것을 잡지 못한다.

그것이 먼저 나서게 만든다.

"하앗!"

운희룡이 덤벼들었다. 거리는 일곱 걸음 남짓. 운희룡이 휘두른 검이 이성민에게 닿기 위해서는 네 걸음은 이동해야 한다.

이성민이 전생만큼의 체격을 가지고 있었다면, 운희룡의 거리 바깥에서 공격이 가능했을 것이다. 하지만 지금의 이성민은 아직 몸이 완전히 성장하지 못했다.

그렇다고는 해도 '창'이라는 병기가 가지는 이점은 취할 수 있다.

운희룡의 자세를 본다. 그것에서 운희룡이 '어떤' 공격을 해 올지 예측한다.

휘두름.

운희룡의 팔이 붕 들려 옆으로 옮겨지고, 거기서부터 휘두르기 시작했을 때, 이성민은 발을 앞으로 밀어내면서 창을 쏘아냈다.

"헛!"

운희룡이 엉거주춤한 자세로 물러선다. 이성민은 기세를 잡은 즉시 재빠르게 창을 잡은 손의 위치를 옮기면서 발을 끌었다.

쉬쉬쉭!

이성민에게서 창이 몇 번이고 쏘아졌다.

운희룡은 검을 휘두르지 못한 자세 그대로, 뒷걸음질을 치면서 이성민의 공격을 피해낼 수밖에 없었다.

이성민의 창술은 위지호연에게는 형편없다는 소리를 들었지만, 그래도 비슷한 수준의 상대에게는 충분히 먹힌다.

'기교'적인 이야기다. 그 기교를 제하고서도 이성민은 운희룡을 압도할 만한 것들을 가지고 있었다. 자하신공은 효율 좋게, 내공의 폭발을 만들어낸다. 단전에서 폭발한 내공은 기혈을 돌면서 육체에 힘을 불어넣는다. 그 강인함을 만들어내는 것은 내공의 정순함과 크기.

본래 이성민의 내공은 그리 많지 않았지만 위지호연 덕분에 개선되었다.

까아앙!

운희룡이 급히 휘두른 검이 이성민의 창대와 부딪친다. 운희룡으로서는 계속해서 뒤로 밀리는 것을 타개하기 위해 무리를 한 것이었다.

이성민은 손아귀에서 벗어나려는 창을 단단히 붙잡았다. 운희룡은 창백한 얼굴을 하고서 급히 이성민에게 뛰어들었다. 그는 검을 잡은 오른팔을 앞으로 내밀고서 이성민에게 찌르기를 감행했다.

그 순간에.

이성민은 창을 앞으로 쏘아내면서 양손의 힘을 풀었다. 힘이 실린 창이 이성민의 손바닥을 빠져나간다.

검을 찌르려던 운희룡의 눈이 크게 뜨인다. 그는 설마 지금 같은 상황에서 이성민이 창을 놓을 것이라는 생각은 하지 못했기 때문이다.

운희룡은 급히 몸을 비틀었다. 창을 앞으로 던지고서 뛰어든 이성민은 등허리의 단검을 뽑았다.

괜히 브라스에게 단검을 빌렸던 것이 아니다. 이성민은 단검을 가지고 있었지만, 가진 단검을 사용할 수 없는 이유가 있었다.

"읏!"

운희룡이 상체를 크게 옆으로 기울였다. 이성민이 휘두른 단검은 운희룡의 팔뚝을 아슬하게 스치고 지나갔다. 운희룡은 그 즉시 반격에 나서기 위해 검을 휘두르려고 했다.

"……허억!"

운희룡의 얼굴이 하얗게 질렸다. 검을 잡은 운희룡의 손이 덜덜 떨리더니 손에 힘이 풀려 검을 놓았다.

"네…… 네놈…… 대체 무슨…….."

"독, 병신아."

이성민은 숨을 내뱉고서 대답했다. 등허리의 단검에는 강력한 마비 독을 발라놓았다. 경지에 오른 내공 고수라면 억제할 수 있겠지만 운희룡의 수준으로는 꿈도 못 꾼다.

이성민은 던졌던 창을 주워 들고서 성큼성큼 운희룡에게

다가갔다.

"자…… 잠깐…… 소협…… 제발……."

"닥쳐."

이성민은 창을 빙글 돌렸다.

빠아악!

내리찍은 창이 운희룡의 어깨 관절을 박살 냈다.

운희룡이 입을 벌려 비명을 질렀다. 이성민은 그런 식으로 운희룡의 어깨와 무릎 관절을 박살 내고서야 손속을 멈추었다.

죽일까 싶기도 하였지만, 일단은 살려두어 용병 길드로 데려가는 것이 좋을 것 같았다. 그 뒤에는 용병 길드에서 알아서 할 것이다.

"끝났나?"

등 뒤에서 목소리가 들렸다. 도상량이 지친 얼굴로 이성민을 보고 있었다. 도상량의 근처에는 왕패가 피떡이 된 몰골로 널브러져 있었다.

어느 순간부터 싸우는 소리가 들리지 않는다 싶더니 그 사이에 도상량이 왕패를 때려죽여 놓은 것이다.

"예."

"……대단하군. 어리다고 무시했었는데…… 나보다 강한 것 같아."

"겸손이 과하십니다."

이성민은 살짝 머리를 숙이면서 대답했고 도상량이 한숨을 내쉬었다. 도상량은 우울한 눈으로 레니르의 시체를 바라보았다.

"……오크 부락은 어찌할 텐가?"

"조금 쉬고서 정리하러 갑시다."

이성민이 대답했다.

"저희 둘뿐이라도 정리할 수 있을 겁니다. 주력이라고 할 수 있을 오크 전사들은 이미 대부분 죽어버렸으니까요."

"……그래, 그렇게 하지."

그렇게 대답은 하였지만, 도상량은 이성민에게 질려 버렸다. 나이가 열넷이라고 했는데 뭐 저리 냉정하단 말인가.

반나절도 안 되는 인연이라고 하였어도 같이 떠들던 동료 중 한 명이 죽고 둘에게서 배신당했는데.

"운희룡, 이 새끼는 용병 길드로 데려갈 겁니다."

"……그래."

"레니르 님과 왕패, 저 새끼의 시체는 레니르 님이 가지고 있던 아공간 포켓에 넣어두죠. 아, 그리고 이 주변의 오크 사체들도 넣어두고. 브라스, 당신이 운희룡 이 새끼가 개수작 못 부리게 좀 봐주고 계십쇼."

"예, 예? 아…… 네, 알겠습니다."

"너무 쫄 것 없습니다. 이 새끼 팔다리 관절 아작을 내놓았으니, 마비 독의 지속이 끝나도 애벌레처럼 꿈틀거리는 것밖에 못 해요."

"으…… 으으으……."

그 말을 증명하듯이 바닥에 엎어진 운희룡이 꿈틀거렸다. 도상량은 어이가 없어서 물을 수밖에 없었다.

"너, 정말로 14살이냐?"

"예."

이성민은 천연덕스러운 얼굴을 하고서 대답했다.

⸻

이성민과 도상량이 부락의 남은 오크를 모두 해치웠을 때, 해가 저물기 시작했다. 본래라면 마을에 불을 질러놓겠지만 용병 길드에서 그런 요구까지는 하지 않았기에 마을은 내버려 두었다.

'얼마나 갈지 모르겠군.'

이성민은 피비린내에 익숙해진 코끝을 벅벅 문지르면서 생각했다.

이 마을의 오크를 모조리 죽여놓기는 했지만, 머지않아 근처 영역의 오크들이 이 마을이 비었다는 것을 알고서 이주해

올 것이다.

오크의 번식력은 굉장히 좋다. 머지않아 이 마을은 다시 오크의 마을이 될 것이다.

이성민은 그것까지는 신경 쓰지 않았다. 그건 용병 길드가, 혹은 이 숲에서 사냥하며 살아가는 사냥꾼들이 알아서 할 일이기 때문이다.

"돌아가지. 해가 저물고 있어…… 서둘러야겠군."

아공간 포켓에 오크 사체들을 채워 넣은 도상량이 입을 열었다. 이성민은 도상량과 함께 브라스 쪽으로 돌아왔다.

브라스는 아직까지 긴장이 가시지 않아 주변을 경계하고 있었다. 그 옆에는 입에 천 뭉치가 물린 운희룡이 꿈틀거리고 있었다.

"새끼, 똥 지렸네."

도상량이 투덜거렸다. 그는 악취를 풍기는 운희룡의 엉덩이를 힐끗 보면서 침을 뱉었다.

브라스와 다른 견습 용병이 운희룡을 부축했고, 넷은 숲을 빠져나갔다. 그러다가 중간부터는 이성민과 도상량이 운희룡을 부축했다. 밤이 깊어지기 전에 숲에서 나가기 위함이었다.

"보고는 바로 하러 갈 겁니까?"

드디어 숲을 빠져나왔다. 이성민의 질문에 도상량이 머리를 끄덕거렸다. 제대로 쉬지도 못하고 무리해서 움직인 덕에 상당히 지치긴 하였지만 보고를 지체할 이유는 없었다.

용병 길드는 북쪽 성문과 가까운 곳에 위치해 있었다. 1층은 주점과 식당을 겸하고 있었고, 2층부터는 길드의 사무를 본다.

"너는 적당히 뭐라도 먹고 있어라."

"식사는 제 숙소에 돌아가서 하겠습니다."

이성민이 냉큼 대답했다. 위지호연이 기다리고 있을 것 같았기 때문이었다.

"……저어……."

도상량이 운희룡을 데리고서 2층으로 올라갔을 때, 브라스가 이성민에게 다가왔다. 그는 다른 견습 용병을 힐긋 본 뒤에, 이성민에게 꾸벅 머리를 숙였다.

"……여러 가지로 감사합니다."

"왜 나한테 감사하다는 겁니까?"

이성민이 물었다.

"그…… 이성민 님이 아니었더라면 저는 오크들에게 죽었을 겁니다. 그때 살아남았다고 해도…… 운희룡이나 왕패에게 죽었겠지요."

"저한테 고마워할 필요는 없습니다. 그냥, 운이 좋았던 것이라고 생각하십시오."

이성민은 그렇게 대답해 주었다. 그러면서 이성민은 잠깐 고민해 보았다.

브라스에게 천진심법을 전해주면 어떨까?

자하신공을 익히게 되면서 이성민은 천진심법에 매달리지 않게 되었다. 하지만 천진심법이 적힌 책은 아직 가지고 있다.

'아니, 그만두자.'

브라스의 나이는 서른이 다 되어간다. 지금 와서 천진심법에 입문해 봤자…… 효과를 볼 수 없을 것이다.

그것은 이 세계로 온 노 클래스들이 겪는 대부분의 말로이기도 했다.

대단한 기연이라도 만나지 않는 한 팔자를 피기는 힘들다. 특히나 브라스처럼 나이가 많은 경우에는 그것이 심하다.

"성민아."

도상량이 2층에서 내려왔다. 언제 그렇게 친해졌는지는 모르겠지만 도상량은 이성민에게 친한 척을 했다.

"위에 좀 다녀와라."

"예? 무슨 일입니까?"

"그게……."

도상량이 묘한 표정을 지었다.

"지부장님이 네 얼굴 좀 보잔다."

7장
목적

제나비스의 용병 길드 지부장.

전생에서 이성민은 제나비스 용병 길드에 들렀던 적이 한 번도 없다. 그럴 수준도 안 되었고 그럴 생각도 하지 않았다. 이성민이 용병 길드를 찾아가 정식 용병이 되었던 것은 제나비스를 떠난 후였다.

'역시나.'

하지만 당황하지는 않았다. 도상량이 단순히 의뢰 보고를 올린 것이라면 모를까 이번 의뢰에는 잡음이 끼어 있었다.

오크 부락 토벌. 제나비스의 용병 길드 수준으로는 굉장히 굵직한 의뢰다. 그리고 잡음. 단순 보고로 치부되지 않고 길드 지부장까지 올라갔을 테고, 지부장이 관심을 가지게 된 것이다.

14살, 무림인.

무림인이라면 에리아에서는 특별할 것도 없다. 당장 도상량만 해도 무림인이다. 하지만 용병으로서의 가능성을 가진 무림인은 흔하지 않다.

"어리군."

지부장실로 들어왔을 때, 이성민은 가장 먼저 그런 평가를 들었다.

문을 열었을 때부터 찌든 담배 냄새가 났다. 책상 너머에 앉은 것은 거구의 근육에 걸맞지 않게 두꺼운 안경을 쓴 중년의 남자였다.

"제나비스 용병 길드의 지부장, 독스라고 한다."

"……이성민입니다."

이성민은 일단 포권을 취하면서 말했다. 독스는 이성민의 얼굴을 물끄러미 보다가 말했다.

"여러 가지 묻고 싶은 것이 많은데. 우선 하나 물어보지. 왜 거짓말을 하였나?"

"……예?"

"자네는 무림인이 아니잖나."

독스는 콧잔등에 걸쳐져 있던 안경을 손끝으로 톡톡 두드렸다.

"아티팩트에 대해서는 이해하고 있나?"

"……대충은."

마법이 걸려 있는 아이템을 칭하는 말이 아티팩트다. 이성민이 가지고 있는 아공간 포켓이 가장 대표적인 아티팩트라고 할 수 있다.

"이 안경도 그런 종류지. 쓰고 있다면 상대의 직업을 알 수가 있어. 자네의 직업은…… 노 클래스로군. 믿기 힘든 이야기인걸."

독스가 중얼거렸다. 조금 놀라기는 했지만 이성민은 크게 내색하지는 않았다. 들켰다면 들킨 것이다. 이런 일 하나하나로 감정 조절하지 못하고 당황해서는 안 된다.

"노 클래스가 무공을 익혔다……. 뭐, 믿기 힘든 이야기는 아니야. 최근에 노 클래스들에게 유행하고 있지 않나. 무병 접골원에서의 골격 개조 수술. 거기서 무골을 얻고 무공을 익히는 것도 가능이야 하겠지."

"……잘 아시는군요."

이성민은 한숨을 내쉬었다. 그렇게 해야만 했다.

"왜 거짓말을 했나?"

"납득하지 않을 것 같아서 그랬습니다."

이성민이 대답했다. 독스는 머리를 끄덕거렸다.

"그야 그렇겠지. 사실 나도 그렇거든. 자네, 제나비스에 온 지 몇 달이나 되었지?"

"……지금 저를 심문하는 겁니까? 제가 심문받을 잘못까지는 하지 않은 것 같은데……."

"아, 그렇군. 그에 대해서는 사과하겠네. 내가 자네를 심문할 처지는 아니지. 자네도 내 심문을 받을 처지는 아니고."

독스가 무덤덤한 얼굴로 자신의 실수를 인정했다. 독스의 거구를 보면 의외인 것 같기는 하였어도 이성민에게는 아니었다.

모든 용병이 지랄 맞은 것은 아니다. 물론 높은 확률로 지랄 맞기는 하지만, 도시 용병 길드의 지부장을 맡고 있는 정도라면 굉장한 상식인이라는 뜻이다.

'길드에 소속된 용병단 단장 중에는 개새끼가 많지만.'

과거의 경험이다. 이성민 역시 용병이었다.

"자네가 거짓말을 한 것이 의아하게 느껴졌을 뿐이야. 뭐…… 납득하지 못하는 이야기는 아니지만 말일세. 자, 그것은 무시하도록 하지. 그리 중요한 것은 아니니까."

독스는 그렇게 중얼거리면서 책상 아래로 손을 넣었다. 그러더니 흰색 종이봉투를 꺼냈다.

"오크 부락의 토벌에 대한 보수는 200만 에르. 그런데…… 트러블이 얽혀 버렸지. 생존자는 둘. 견습 용병들에게는 10만 에르씩 주고서, 180만 에르를 자네와 도상량이 나누기로 했어. 도상량이 그러더군. 자네 덕분에 오크 부락 토벌에 성공

할 수 있었고, 병신 둘을 죽일 수 있었다고."

그 말은 조금 의외였다. 도상량이 그렇게 말했을 줄이야. 솔직히 이성민은 도상량이 이 일에 대해서 자신의 공을 강조할 줄 알았다.

"도상량도 동의했네. 자네에게 100만 에르를 주고, 도상량이 80만 에르를 받기로 했어. 또한, 전리품에 대한 분배 말인데…… 판매 수수료를 떼도 60만 에르는 나올 걸세. 이것도 자네가 40만 에르를 받게."

"……그렇게까지 해주셔도 되는 겁니까?"

"나야 상관없지. 도상량이 그렇게 말한 것을."

독스가 어깨를 으쓱거리며 말했다.

"이런 이야기는 그만두고, 본론으로 들어가려 하는데."

"예?"

이성민이 모르는 척 대꾸했다. 그렇게 말하기는 하였어도 이성민은 독스가 무슨 말을 하려고 자신을 부른 것인지 잘 알고 있었다.

"자네, 용병이 될 생각은 없나?"

이것이다.

"도상량이 말하더군. 자네는 이류에서 일류 사이에 있는, 일류에 가까운 실력을 가지고 있다고. 그건 굉장히 놀라운 일이야. 자네가 무림인이 아니라 노 클래스라면 더더욱 놀라운 일이지."

독스가 내려놓은 안경을 만지작거렸다.

"특히, 자네는 굉장히 어려. 아마 이대로 성장한다면 무난하게 일류의 영역에 진입할 것이고, 노력과 재능 여부에 따라 절정고수가 될 수도 있겠지."

"……그렇……습니까?"

이성민이 슬며시 대답했다. 아마 그렇게 쉽게 되지는 않겠지만, 이성민이 회귀자라는 것을 모르는 독스의 눈에 비치는 이성민은 대단한 천재일 것이다. 비록 사실은 그렇지 않다고는 하여도.

"자네가 용병이 된다면, 우선 자네에게 D급을 배정해 주도록 하지. 의뢰 몇 개를 수행한다면 C급까지는 당연히 올라갈 것이고, 일류의 경지에 오른다면 B급도 될 것이야. 어떤가?"

독스가 권했다. 이성민은 잠깐 동안 침묵했다. 나쁘지 않은 제안이다. D급 용병이 된다면 의뢰를 달성하지 않아도 먹고 살 만한 월급이 나온다.

"……제안은 감사하지만……."

하지만 이성민은 거부했다. 아직은 용병이 되어서는 안 된다. 그가 노리는 것은 반년 뒤에 있을 노 클래스 파이트에 걸리는 우승 상품, 성령단이다.

그것을 먹고 내공의 증진을 얻어야 확실하게 앞으로 치고 나갈 수 있다. 용병이 된다면 노 클래스 파이트에 출전할 수 없다.

"아쉽군."

이성민이 거절하자 독스는 머리를 끄덕거렸다. 그는 더 이상 권하지 않고서 이성민에게 돈이 담긴 봉투를 건넸다.

"생각이 바뀐다면 언제든지 찾아오게."

"……감사합니다."

이성민은 받은 돈을 품 안에 넣었다. 독스는 그런 이성민을 물끄러미 보다가 지나가는 말처럼 중얼거렸다.

"나이답지 않군."

"예?"

"14살 답지 않아. 하긴, 사건은 사람을 바뀌게 하는 법이지. 나 같아도 어린 나이에 에리아에 소환되었다면 돌아버렸을 거야."

독스는 그런 식으로 납득한 모양이었다. 이성민은 쓰게 웃어주면서 용병 길드를 나왔다.

'빨리 나이를 먹든가 해야지.'

다른 것은 다 그렇다고 쳐도 어린아이인 척 연기하는 것이 가장 힘들었다.

"왜 이렇게 늦었어?"

잭의 여관에 들어섰을 때 투정을 들었다. 위지호연이었다. 그녀는 식탁 쪽에 앉아서 뚱한 얼굴로 이성민을 보고 있었다. 이성민은 위지호연의 앞에 놓인 접시에 식은 음식이 담긴 것을 눈여겨보았다.

"왜 먼저 안 먹었어?"

"친구가 있는데 왜 혼자 밥을 먹어?"

"먹을 수도 있지……."

친구가 있으면 혼자 밥도 먹어서는 안 된다는 것인가.

이성민은 위지호연의 괴상한 논리에 대해 잔뜩 반론해 주고 싶었으나 그에 대한 마음은 꾹 눌러 참았다.

"피 냄새가 나."

이성민이 위지호연의 앞에 앉았다. 위지호연은 코끝을 찡긋거리면서 중얼거렸다.

"사람을 죽였군. 무슨 일이 있었지?"

"별것 아니야. 누가 나를 죽이려고 하기에."

"그래?"

위지호연은 그에 대해서는 별 관심이 없어 보였다. 그녀는 식은 빵을 들어 찢었고, 마찬가지로 식은 스프에 빵을 찍어 입에 넣었다.

"생각해 봤다."

루라가 이성민에게 저녁 거리를 가져다주었다. 이성민이 포크를 들었을 때, 위지호연의 입이 열렸다.

"구천무극창을 너에게 맞게 뜯어고치는 것에는 넉넉잡아 한 달 정도 걸릴 것이다. 그것을 너에게 전수해 주고, 네가 어느 정도 기틀이 잡힌다 싶으면…… 나는 떠난다."

포크를 움직이던 이성민의 손이 멈췄다.

"……그래?"

"왜, 아쉬우냐?"

"……말리고 싶지는 않아."

이성민이 한숨을 내쉬면서 중얼거렸다. 전생의 위지호연은 제나비스에서 한 달밖에 머무르지 않았다. 위지호연이 그 이상 제나비스에 머무르고 있는 것은 순전히 이성민 때문이다.

"생각해 봤다."

위지호연이 다시 말했다.

"너에게는 목적이 있지. 성령단이라는 영약을 얻는 것이 당장 네 목적이다. 그 이후에 너는 제나비스를 떠나겠지. 그때까지, 내가 너를 기다렸다가 같이 떠나는 것을 어떨까 하고."

이성민은 동요하지 않았다. 위지호연이 그다음에 할 말을 어느 정도 짐작하고 있었기 때문이다.

"하지만 그래서는 안 된다. 왜라고 생각하느냐?"

"내가 도움이 안 될 테니까."

이성민이 대답했다. 그것은 이성민에게 있어서는 정답이었다. 이성민은 약하다. 재능이 없다. 반면에 위지호연은 어떤가. 그녀는 천재이며, 천재를 완성시키기 위한 신공절학들을 익히고 있다.

"틀렸다."

위지호연이 대답했다. 그녀의 눈이 싸늘하게 식었다.

"나는 네 그런 면이 굉장히 마음에 안 든다."

위지호연이 내뱉었다.

"······무슨 말이지?"

"열등감."

위지호연이 내뱉은 목소리는 얼음장처럼 차가웠고 말은 칼날이었다.

이성민의 대답은 위지호연에게 있어서는 오답이었으나 위지호연의 말은 이성민에게 있어서 정답이 되었다. '열등감'이라는 말은 이성민의 가슴을 헤집었고 그의 감정을 묵직하게 내려오게 만들었다.

"도움이 안 되어서? 내가 그래서 너를 떠난다고 생각하는 것이냐? 왜 그렇게 생각하지?"

"내가 도움이 안 되는 것은 사실이니까."

"그래. 너는 약하지. 나와 함께 다닌다면 나는 너를 지켜야만 할 거야. 하지만 그게 내가 너를 두고 가는 이유인 것은 아니야."

 위지호연의 눈이 가늘어졌다. 꿰뚫는 것만 같은 날카로운 안광이 번뜩였다.

 "내가 곁에 있다면 너는 성장하지 못한다."

 이성민이 위지호연과 함께 다니게 된다면 이성민이 겪게 되는 곤란은 위지호연이 대신 해결해 주게 될 것이다.

 "네 전생에 대한 기억이 열등감으로 작용하여 네 발목을 붙잡고 있구나. 좋지 않은 일이야. 그 역겨운 열등감이 자기비하를 만들고 너 자신을 마모시킨다."

 "……대체 무슨 말을 하고 싶은 것이냐?"

 "확실하게 알아라. 네가 친구로 삼은 것은 마교의 소천마 위지호연이다."

 위지호연의 목소리에 힘이 들어갔다. 그녀의 목소리는 낮았으나 확실하게 이성민의 감정에 파고들어 왔다.

 "네가 익힌 자하신공은 손에 꼽히는 신공절학이며 네가 익히게 될 구천무극창 역시 내가 살았던 중원무림에서 제일가는 창법이라는 소리를 들었던 무공이다. 그런 구천무극창을, 내가, 너를 위해서 뜯어고치고 있는 것이고."

 "……내 재능이 일천하다고 했던 것은 언제나 너였다. 네가 가르치는 무공이 아무리 수준이 높다고 해서, 내가 그것을 제대로 소화할 것이라는 보장은 없다."

"해봤느냐?"

위지호연이 물었다.

"네 전생의 기억이 말하더냐? 불가능할 것이라고, 그렇게 확답을 주더냐?"

"……희망을 가져서 배신당하는 것보다는 주제 파악을……."

"그게 열등감이다."

"너는 모르겠지, 천재니까."

이성민이 비꼬듯 말했다.

"천재가 어떻게 천재가 아닌 자를 이해할 수 있겠나?"

"맞다. 나는 천재이기에 너에 대해서 완전히 이해할 수가 없다."

위지호연은 그에 대해서는 인정하였다.

"하지만 해보지도 않고서 열등감에 찌들어 징징거리는 네 꼴이 마음에 들지 않을 뿐이다. 내가 무책임하다고 보느냐?"

"응."

"제대로 보았다. 나는 그런 인간이다."

시발. 대체 무슨 말을 하고 싶은 거냐.

이성민은 아랫입술을 뿌득 씹으면서 위지호연을 노려보

았다.

"전생과 똑같이 될 것이라는 생각을 버려라. 너는 처음부터 시작했고, 네가 살았던 전생과는 이미 다른 방향으로 살고 있지 않느냐."

"나라는 인간의 본질이 변하는 것은 아니야."

"아니, 인간은 변한다."

위지호연은 이성민의 말을 즉시 부인했다.

"나 역시 변했다. 전생이라고 할 것도 없어. 나는 마교 소교주였던 시절에서 변했다. 이곳에서 겪은 몇 달이 나를 변하게 하였지."

이성민은 마교의 소교주였던 시절의 위지호연을 모른다. 하지만 에리아에 처음 소환되었을 때의 위지호연은 알고 있었다.

"네 전생은 13년을 살고 죽었어도 이번 생에서는 다를지도 모르는 것이다. 전생의 너와 지금의 너는 다르고, 전생의 네가 겪었던 것과 지금의 네가 겪는 것은 또 다르다. 겪는 것이 다른데 어찌 같은 결과가 나오겠느냐."

이성민의 입이 닫혔다. 반론할 수가 없었다. 13살의 위지호연이 하는 말에 말문이 막혀 버렸다.

"재능."

위지호연의 머리를 흔들었다.

"가지고 있지 않은 것을 받을 수는 없는 노릇이지. ……그래도. 열등감에 찌든 상태로는 아무것도 못해. 우선, 너는."

위지호연이 손을 들어 이성민을 가리켰다.

"목적이라는 것이 필요해. 지난번에도 말했었지. 너는 다시 시작하게 되었는데, 무엇을 하고 싶은 것이냐고."

"그랬었지."

"그때 너는 이렇게 대답했었다. 전생보다 나은 삶을 살고 싶다고. 그래, 그건 참 쉽지. 지금 당장 네가 뭘 하며 살아도 전생보다는 나을 거야. 그런데 넌 그것으로 만족하지 못하겠지."

정답이었다. 만족하지 못한다. 구체적인 목적이라는 것이 없어도 사람이란 그런 것이다. 앞으로 무슨 일이 일어나고, 어떤 기회가 생길지 알고 있으니까. 그래서 이성민은 더더욱 만족하지 못하는 것이다.

"기회라는 것을 얻어서 힘을 얻는다. 하지만 정작, 그 힘으로 너는 무엇을 할지 생각하지 않고 있지. 사실 이런 것 아니냐? 너는 마음 한구석에서 자신의 인생이 그렇게 잘 풀리지 않는다고 생각하고 있는 것이야."

이성민의 입이 반론을 위해 벌어졌다가 다시 닫혔다. 부정할 수가 없었다.

"물론, 너는 생각처럼 되기 위해서 노력하겠지. 애매한 목적의식을 가진 상태로 말이야. 그러니 너에게 제대로 된, 확실한 목적이 필요하다는 것이다."

"……대체 무엇을 목적으로 삼으라는 것이냐?"

이성민은 한숨을 쉬면서 물었다. 그 질문에, 위지호연은 망설임 없이 자신의 가슴에 손을 얹었다.

"나."

위지호연이 힘 있는 목소리로 대답했다.

"나를 목적으로 삼아라."

오해의 소지가 다분한 말이었다.

저 말을 어떻게 받아들여야 할까. 이성민은 입술을 꾹 다물고 위지호연을 노려보았다. 위지호연은 당당한 얼굴을 하고서 말을 계속했다.

"네 전생에서의 나는 13년 동안 살아남았고, 유명해졌다고 하였었지. 그렇다면 충분하지 않으냐. 최소한 앞으로 13년 동안 난 죽지 않아."

"그건 모르는 거지."

"아니, 죽지 않는다. 죽을 수가 없지. 기껏 얻은 자유를 13년만 즐길 생각은 없다. 나는 오래, 오래 살 것이야."

위지호연의 말은 암시처럼 느껴질 정도로 강한 염이 담겨 있었다. 그렇게 말하고서 위지호연은 다시 이성민을 보았다.

"너는 지금 정처 없이 바다를 떠다니는 조각배와 같다. 목적지 없이 부는 바람 따라, 흐르는 바다 따라 항해하고 있을 뿐이지. 아니, 그것을 항해라고 해야 하는가? 그건 표류다."

부정하기 힘들었다. 목적의식이 희미하다는 것은 이성민 스스로도 잘 알고 있었기 때문이다. 아니, 정확히 말하자면 그는 목적이라는 것을 만드는 것을 두려워했을 뿐이다.

13년간 살았던 전생은 이성민에게 경험을 주었지만, 동시에 한계도 주었다. 현실을 알고, 미래를 알고 있다는 것이 이성민에게는 한계가 된 것이다.

이성민은 재능이 없다. 그것을 알고 있다. 10년 무공을 익혀서 이류에 머무른다는 것을 알고 있다.

"넋 놓고 표류하고 있으니 제대로 앞으로 향할 수가 없는 것이야. 그러니 목적이 필요하다는 것이다. '나'라는 목적이."

납득할 만한 이야기였다. 위지호연은…… 전생에서 이성민이 들어보았던 이계인 중에서 가장 강하다고 해도 좋았다.

이성민이 평생을 무공을 수련해도 위지호연의 발끝을 따라갈 수 있을까 의문일 정도로 말이다. 그것이 이성민을 부정적으로 만든다.

"내가 너를 목적으로 삼는다고 해서, 내가 너처럼 될 수 있는 것은 아니잖……."

"해봤느냐?"

위지호연이 내뱉었다.

"제발. 해보지도 않고서 말하지 마라."

"너야말로 너무 무책임한 말을 하지 마. 나는 안 돼. 못해. 재능이 없으니까. 너랑 나는 스타트 라인이 다르단 말이다. 너는 천재적인 재능을 타고나서 온갖 종류의 지원을 받았지. 영약도 많이 처먹었을 것이고 신공절학이 널린 곳에서 살았을 거야. 그렇기에 지금의 네가 있는 것 아니냐, 소천마 위지호연."

이성민의 말에 독기가 담겼다. 그것은. 이성민이 부정하고, 외면하고, 신경 쓰고 싶지 않았던 위지호연이라는 인간의 본질이었다.

"하지만 난 아니야."

동시에 스스로에 대한 고찰이기도 했다.

"나는 아무것도 없었다. 전생에서도 그랬지. 아무것도 없이, 맨손으로, 아무 재능도 없이, 그렇게 이 세계로 소환되었다. 전생의 너는 한 달 만에 이 도시를 졸업하고 떠났지. 나는 3년 동안 이 도시에서 살았다. 토끼와 멧돼지 따위에게 각오를 다졌고 고블린에게는 목숨을 걸었고 오크는 두려워 피해 다녔다. 그렇게 3년을 살아 도시를 떠났고 새로운 도시에서는 용병이 되어 허드렛일을 하며 살았지."

위지호연은 반론하지 않았다. 그녀는 차분하게 이성민의 이야기를 들었다.

"그게 나다. 13년을 살아 이류 무인. C급 용병. 그러다가…… 죽었고. 지금 다시 시작했지. 그런 내가……."

"지금의 너는 이류 무인이다."

위지호연이 입을 열었다.

"13년을 살아 이류 무인이었던 너는, 다시 시작하면서 세 달 만에 이류 무인이 되었다. 네 말이 맞다. 나는 천재로 태어났고, 많은 지원을 받았지. 하지만 지금의 너는 어떠냐. 자하신공을 익혔다. 내 2할의 내공을 전해 받았다. 창술도 익히게 될 것이다."

위지호연이 손을 내저었다.

"이것으로 부족하냐? 그렇다면 더 주지. 무엇을 가르쳐 줄까. 외공을 원하나? 아니면 보법을? 권법은 어떻고 장법은 어떠냐. 말해라. 네가 원하는 것이 있다면, 내가 가르쳐 주마."

"……원하지 않아."

이성민이 대답했다. 창법에 자하신공. 그것으로 충분하다. 그 이상 익힐 자신도 없다.

"너 역시 기연을 얻은 것은 똑같다. 타고난 재능은 어쩔 수 없다고 하여도 너는 목적의식이 결여되어 있기 때문에 필사적이지도 않고 노력하지도 않아. ……기껏 다시 살게 된 두 번째 삶을 그런 식으로 보내는 것은 아깝지 않으냐."

위지호연은 한숨을 내쉬면서 곁에 둔 컵을 들었다. 그녀는 그 안에 담긴 우유를 벌컥벌컥 들이켰다.

"하긴, 이건 내 오지랖일지도 모르겠군. 괜한 참견이야. 네가 사는 삶인데 내가 멋대로 목적 따위를 만들어줄 필요는 없지. 미안하다. 내가 괜한 말을······."

"닥쳐."

이성민이 내뱉었다. 그는 주먹을 꽉 쥐었다. 위지호연이 내뱉은 말들은 모조리 이성민의 가슴에 박혀 있었다.

이성민이 말을 끊고 들어오자 위지호연이 눈을 동그랗게 떴다.

"그렇게 화가 난 것이냐? 내가 제대로 사과를······."

"그래, 화났다. 13살 먹은 애새끼한테 이런······ 훈수를 들을 줄이야."

자존심은 상했다. 당연한 말이다. 하지만 진정으로 화가 난 것은.

"목적으로 삼아주지."

이성민이 위지호연을 노려보았다.

이성민이 진정으로 화난 것은, 위지호연의 말에 거의 대꾸하지 못했던 자기 자신이었다. 그녀의 말에 동의하면서도 알량한 자존심 때문에 부들거리고 있던 자신이었다.

"너를 목적으로 삼고서 네가 떠난다고 해도 무공을 수련하겠다. 그리고 나중에 널 만난다면 네 가슴에 창을 꽂······."

"아니, 그래서는 안 되지. 내가 죽잖느냐. 그리고 친구끼리 그러면 어떡하느냐?"

위지호연이 즉시 반론했다. 이성민은 떨떠름한 표정을 지으면서 말을 바꾸었다.

"그럼…… 어…… 널 쓰러뜨리는 것으로……."

"흠, 비무라면 상관없겠지. 기대하고 있으마."

그제서야 위지호연은 납득하고서 활짝 웃었다. 이성민은 그렇게 웃는 위지호연의 얼굴을 잠깐 동안 멍하니 바라보았다.

'이런 미친.'

13살 여자애의 웃는 얼굴에 가슴이 조금 두근거리다니. 이건 조금 위험한 것이 아닌가?

이성민은 시선을 돌려 위지호연의 웃는 얼굴을 피했다.

그 후로 이성민은 숲으로 나가는 것을 그만두었다. 어차피 돈은 충분히 있었다. 용병 길드에서 받은 보수 덕에 지갑 사정은 풍족해졌고, 노 클래스 사냥꾼을 죽이면서 취한 돈도 있었다. 나중에 여비로 쓰기 위해 꼬박꼬박 모아두었던 돈도 있다.

"너는 의외로 기본기가 허술해. 제대로 가르쳐 준 스승이 없기 때문이겠지."

이성민이 숲으로 나가지 않자 위지호연도 적극적으로 이성민의 지도에 나섰다. 그녀는 오후에는 구천무극창을 뜯어고치고 오전에는 이성민에게 창술에 대해 지도했다.

"검이 만병지왕이라고는 하지만 그것은 검 쓰는 놈들이 허영심에 차서 지껄이는 소리일 뿐이다. 무공 좀 익힌 놈이라면 대부분이 인정하는 사실이지. 창이 만병지왕에 어울리는 무기라고. 창을 상대하는 것은 굉장히 까다롭거든."

휘익!

위지호연은 손에 들고 있던 창을 가볍게 휘둘렀다.

"그러니 기본기를 다지는 것이 좋다."

그 말에 대해서는 이성민도 공감할 수밖에 없었다. 기본기가 허술한 것은 어쩔 수 없고 당연한 사실이다. 이성민은 다른 누구에게 창을 배운 것이 아니라, 추혼창법의 내용과 실전을 통해 창술을 익힌 것이기 때문이다.

"중원의 창은 크게 넷으로 나뉜다. 끝의 날붙이 부분이 창두(槍頭). 창 아래의 수실이 창영(槍纓). 막대 부분이 창간(槍杆). 창두의 반대쪽의 짧은 쇠붙이가 창준(槍鐏)."

부웅!

위지호연이 창을 크게 휘둘렀다. 창두 아래의 붉은 수실이

궤적에 따라 낭창거린다.

"창영은 단순한 장식이면서 상대의 눈을 현혹시키기도 한다. 봐라."

위지호연이 창을 연거푸 휘둘렀다. 붉은 창영이 어지럽게 흩어진다. 일직선인 창과는 다르게 창영은 흐느적거린다. 그 진한 붉은색은 보고 싶지 않아도 어쩔 수 없이 시선이 끌렸다.

"창을 제대로 다루고 싶다면 창의 모든 것을 사용해야 한다. 창두를 쓰듯이 창준을 써라. 창영으로 현혹시켜라. 창간을 잡은 손의 위치를 바꾸면서 거리를 조절해라."

이성민은 멍하니 머리를 끄덕거렸다. 몇 번인가 창을 휘두르던 위지호연이 제대로 자세를 잡았다.

"중원 창술 찌르기의 기본기는 크게 셋으로 나뉜다. 이것들은 태극창(太極槍)이나 양가창(楊家槍) 같은 고명한 창법에서도 기본으로 삼으며, 심지어는 팔극권(八極拳)에서도 쓰인다. 만류귀종이라고 할 것도 없다. 이것은 모든 무(武)에 응용할 수 있는 기본 중의 기본일 뿐이니. 그것이 란(攔), 나(拿), 찰(扎)이다."

란은 외전(外傳)이고, 나는 내전(內傳)이다. 란의 외전은 공격을 바깥으로 튕겨내며, 나의 내전은 공격을 안으로 휘감는다.

"중요한 것은 양팔만 써서는 안 된다는 것이다. 양팔로 써서는 힘이 제대로 실리지 않아."

찰은 찌른다.

"창의 길이는 그만큼의 위력을 만들어낸다. 창간을 바꿔 잡아라. 창간의 중간만 쓴다면 위력이 제대로 나오지 않아."

"……응."

"하지만 란나찰이 창이라는 무기 전체의 기본이라고는 할 수 없지. 이것은 어디까지나 찌르기니까. 창은 찌르기 외에 다양한 공격법이 있어. 창은 둔기이기도 하니까."

위지호연은 그 이후로 몇 가지 동작을 더 시범으로 보여주었다. 그 뒤에는 이성민에게 창을 넘겨주더니 몇 걸음 뒤로 물러서서 뒷짐을 졌다.

"해봐라."

"……뭐?"

"보여주지 않았느냐. 해봐라."

"내가 한 번 보고서 완벽하게 따라 할 수 있었으면 재능 없다고 징징댔겠냐?"

"내가 언제 너한테 완벽하게 해보라고 했느냐?"

이성민의 대답에 위지호연이 투덜거렸다.

"그냥 해보란 말이다. 해봐야 알 것 아니냐."

이성민은 창을 들었다. 그 순간, 위지호연이 말했다.

"내공은 쓰지 마라."

이성민은 내공을 끌어내지 않고서 위지호연이 가르쳤던

창의 기본기를 펼쳤다. 그것을 물끄러미 보던 위지호연이 말했다.

"다시."

다시, 다시, 다시.

그 이후로 위지호연은 계속해서 그 말을 반복했고, 이성민은 계속해서 창을 휘둘렀다. 내공을 쓰지 않는다. 덕분에 이성민의 몸은 금세 지쳐 땀을 흘리고 호흡이 거칠어졌다.

"다시."

"……언제까지……?"

"손에 익을 때까지."

"그게 몇 번 한다고 되겠냐……!"

"그러니까 계속해야지."

위지호연이 심드렁한 얼굴로 말했다.

"앞으로 매일, 그것만 연습하도록 해라."

그 말 속에서 이성민은 위지호연에게 있는 악마의 모습을 보았다.

이성민은 어깨를 부르르 떨면서도 다시 창을 휘둘렀다. 죽을 것처럼 힘들었다.

내공을 쓰지 않고 순수하게 육체의 힘만으로 창을 휘두른다. 창이라고 해서 가벼운 것은 아니었고, 기본기라고 해서 그리 쉽게 느껴지지도 않았다.

"쓰러져서는 안 돼. 정 힘들어 못 하겠다 싶으면 쉬어라. 여유가 있다면 더 휘두르고."

그 말은 마치 이성민의 근성을 시험하는 것처럼 느껴졌다.

더 할 수 있는가, 없는가를 판가름하는 것은 그 누구도 아닌 이성민 본인이다. 열 번쯤 더 동작을 반복했을 때, 이성민은 정말로 죽을 것만 같았다. 호흡은 가쁘고 팔다리가…… 아니, 전신이 욱신거린다. 물을 마시고 싶었고 앉아 쉬고 싶었다. 그늘 가에서 바람을 맞고 싶었다.

그늘 쪽에 앉아 있는 위지호연의 얼굴이 보인다. 이성민은 아랫입술을 뿌득 씹었다.

더 할 수 있다. 지금 당장 힘들어 죽을 것 같았지만, 젖 먹던 힘까지 끌어낸다면 앞으로 몇 번은 더 휘두를 수 있을 것 같았다.

그래서 더 휘둘렀다.

⛩

한 달.

위지호연은 한 달 안에 구천무극창을 뜯어고칠 수 있을 것이라고 하였었지만 그 말처럼 되지는 않았다.

구천무극창은 신공절학이었다. 창법만을 꼽자면 위지호연

이 살았던 중원에서도 세 손가락 안에 꼽히는 무공이었다. 아무리 위지호연이 천재이고, 수많은 신공절학을 접했다고 하여도 한 달 만에 구천무극창을 고치는 것은 불가능한 일이었다.

비록 그 고침이 구천무극창의 초식 초반의 난해함을 풀이하고 추혼창법의 초식과 융화시키는 것 정도라고는 해도, 이어지는 구결과 끼워 맞추기 위해서는 어마어마한 천재성이 요구된다.

약속했던 한 달이라는 시간이 흘렀으나, 위지호연은 구천무극창을 완전히 고치지 못했다. 하지만 위지호연은 서두르지 않았다.

"생각보다 진행이 더뎌. 조금 더 오래 있어야 할 것 같다."
"나 때문에 붙잡혀 있는 것 아냐?"
"내가 하겠다고 해서 하는 것이다. 네가 책임감 따위를 느낄 필요는 없다. 그리고 그러지 좀 마."

위지호연이 이성민의 얼굴을 흘겨보았다.

"넌 자기 자신에게 너무 비관적이야."
"사람 성격이라는 것이 하루 이틀 만에 바뀌는 것도 아니고."

10년 동안 용병 길드에서 갈굼을 받다 보면 이렇게 된다. 위지호연은 평생 모르는 기분이겠지만.

이성민은 투덜거리면서 몸을 일으켰다. 휴식 시간은 끝이다.

한 달이라는 시간 동안 이성민의 몸은 부쩍 성장했다. 내공을 거의 쓰지 않고 창법을 휘두르는 것이 반복된 만큼 근육이 붙었고 체력이 늘었다. 그렇다고 자하신공에 소홀한 것도 아니다.

'사냥'이라는 일과가 줄어든 대신에 이성민은 자기 자신의 단련에 매진했다. 위지호연은 구천무극창을 고치는 것 외에 다른 시간은 이성민을 가르치는 것에 매달렸다.

이성민의 창술은 한 달이라는 시간 만에 비약적인 발전을 거두었다.

누군가에게 가르침을 받지 않고 스스로 몬스터를 상대로 단련하였기에 이성민의 창술은 기본기보다는 실전성에 치우쳐 있었다.

"발경이라는 것은 사실 내공을 쓰지 않아도 사용할 수 있어. 애초에 발경이라는 것은 힘을 효율적으로 쓰는 방법이니까. 거기에 내공을 더함으로써 위력을 증폭시키는 것뿐이지."

"말로 하면 모른다."

"그럼 맞아볼 테냐?"

위지호연이 입술을 삐죽이 내밀면서 물었다. 그 말에 이성민은 얌전히 입을 다물었다.

쉬익!

찰로 뻗은 창이 허공을 꿰뚫었다.

"발경도 종류가 다양하지. 거리에 따라 암경(暗勁)에 척경(尺勁). 거기서 또 방법에 따라서 나뉘는데…… 그것까지 하나하나 설명해 준다면 끝이 없다. 중원 무공 중에서 발경을 가장 제대로 이해하고 파고들어 알린 것은 무당의 시조인 장삼봉이다. 이미 오래전에 뒈진 인물이지만."

위지호연이 중얼거리면서 몸을 일으켰다. 그녀는 옆에 두었던 그녀의 창을 잡아 들었다.

"탄경, 전사경, 십자경 등등. 발경의 종류는 무수히 많다. 하지만 발경의 목적은 간단하지. 적은 힘으로 강한 힘을 내는 것이야. 근육의 힘만 쓰는 것이 아니라 몸 전체를 사용해서 힘을 내는 것이 곧 발경이다. 몸의 탄력, 회전, 상대의 힘. 그것들을 이용하는 것을 기본 전제로 깔고서 내공의 도움으로 위력을 폭발적으로 증폭시키는 것이지."

이성민은 일단 머리를 끄덕거렸다. 그것을 보고 위지호연이 눈을 가늘게 떴다.

"이해하지도 못했으면서 이해한 척하지 말아라. 내가 헷갈린다."

"그래, 하나도 모르겠다."

"그러면 배워야지. ……란, 나, 찰에도 발경을 섞어야 해. 그래야 기대 이상의 위력이 나온다."

그렇게 말하고서 위지호연은 한숨을 푹 내쉬었다.

"어이가 없어. 이 세계는 말이 안 돼. 이런 기본적인 것들도 모르면서 무공을 사용하다니!"

요즘 들어서 위지호연에게 숱하게 들었던 말이었다. 위지호연에게 본격적으로 배우기 시작하면서 이성민은 그녀에게 다양한 것을 배웠다. 그것은 무공이라기보다는 무공을 쓰기 위해서 알아두어야 할 상식, 그런 류에 들어가는 기술들이었다.

"점혈도 모르고 금나수도 몰라. 혈도도 모르는 놈이 무공을 쓴다니……."

"안 배웠는데 어떻게 아냐?"

"말을 말아야지."

위지호연이 투덜거렸다. 이성민은 뚱한 얼굴을 하고서 위지호연이 가르쳐 준 발경의 동작을 연습했다. 그러다가 문득 생각나는 것이 있어서 질문했다.

"전음은 어떻게 쓰는 것이지?"

[이렇게.]

위지호연이 전음을 보냈다. 이성민은 한숨을 푹 내쉬면서 창을 휘두르는 것을 멈췄다.

"바로 할 수 있으면 내가 천재였겠지."

"하긴 그래. 너는 천재가 아니지."

위지호연이 심드렁한 얼굴로 말했다.

"하지만 둔재도 아니야."

"뭐?"

"둔재는 아니라고. 천재가 아닌 것처럼 둔재도 아니야. 범재…… 보다는 조금 나을지도 모르겠군."

위지호연은 그렇게 중얼거리면서 팔짱을 꼈다.

"너는 스스로 깨닫는 것보다는 남에게 배우는 것이 더 잘 맞는다는 느낌이다. 제대로 배워본 적이 없어서겠지."

위지호연의 말에 이성민의 얼굴이 멍해졌다. 맞다. 이성민은 다른 사람에게, 이런 식으로 제대로 배워본 적은 없다.

"뭐 어쨌든. 전음은 내공으로 말한다고 생각하면 된다."

"그게 뭔 병신 같은 소리야. 내공으로 어떻게 말을 해?"

"어휴……."

이성민의 투덜거림에 위지호연은 전음의 사용법에 대해 차근차근 알려주었다. 그를 바탕으로 이성민은 전음을 시도해 보았으나 잘되지는 않았다. 아직 내공의 양이 너무 적기 때문이었다.

그런 식으로 이성민은 위지호연에게 여러 가지를 배웠다. 혈도에 대해 배웠고 점혈법에 대해 배웠다. 발경이나 금나수에 대해서도 배웠다.

자하신공을 운용할 때에도 위지호연이 곁에 붙어 내공인도법에 대해 조언을 해주었다.

사실 위지호연이 구천무극창을 한 달 안에 완성하지 못한 것에는 이성민을 가르치는 것에 많은 시간을 할애하는 이유도 컸다.

자하신공의 대주천을 끝낸 이성민이 눈을 떴다.

"왜 나한테 이렇게까지 해주는 거지?"

이성민이 물었다. 이성민이 자하신공을 돌리는 동안, 위지호연은 침대 구석 쪽에 앉아서 구천무극창의 구결을 풀이하고 있었다. 위지호연이 이성민을 돌아보았다.

"몰라서 묻는 것이냐? 그야 당연히……."

"친구니까라는 대답 말고."

"네가 비명횡사하는 꼴을 보고 싶지 않아서."

위지호연이 대답을 바꾸었다.

"나를 목적으로 삼겠다고 하지 않았느냐. 그런 주제에 어딘지도 모르는 곳에서, 누구인지도 모르는 잡놈에게 비명횡사하게 둘 수는 없지."

"오지랖이냐?"

"걱정이라고 해라."

위지호연이 투덜거렸다. 그녀는 펜을 내려놓고서 뻐근한 목을 좌우로 돌렸다.

"……그리고 나로서도 크게 후회를 남겨두고 싶지 않은 것뿐이야. 나는 조만간 떠나게 될 테니까."

"……후회라니. 무슨 후회를 말하는 거냐."

"너는 내 첫 친구다."

위지호연의 눈이 차분하게 가라앉았다. 저런 눈을 할 때의 위지호연은, 그녀 스스로 의도한 것인지 아닌지는 잘 알 수가 없었지만, 시선만으로 상대를 압도하는 것만 같았다.

"만남 자체가 우연이 아니었다고는 해도 내 생각은 변하지 않아. 너는 내가, 처음으로 가지게 된 친구다. 그러니 위해주고 싶은 것이다. 너를 위해서, 나를 위해서."

몇 번이고 들었던 말이다. 전생에서 소천마라 불리던 거인 위지호연은 저런 인간이었다. 사실은 남자가 아닌 여자였고 마교의 소교주라는 배경을 가진 주제에 배려심이 제법 깊었다. 커뮤니케이션 능력에 근본적인 무언가가 결여되어 있기는 하였어도 한번 품은 사람은 끝까지 품으려고 들었다.

"앞으로 한 달. 한 달이다. 처음 말했던 시간보다 두 배가 더 걸렸지만…… 그 후에 나는 떠난다."

"……어디로 갈 셈이냐?"

"모른다. 그냥…… 당분간은 정착하지 않고서 떠돌 생각이다. 전생의 내가 그리했듯이 말이지."

위지호연은 그렇게 말하고선 이성민을 보았다.

"너는 어찌할 셈이냐?"

"나? 나는…… 성령단을 얻은 뒤에는 제나비스 옆의 도시로 갈 생각이야."

베헨게르.

숲을 지나고서도 사흘은 걸어야 도착할 수 있는 도시다. 전생에서의 이성민은 베헨게르의 용병 길드에 들어가 용병이 되었다.

"그렇군. 그렇다면 언제 만날까."

위지호연이 머리를 갸웃거리면서 물었다.

"한 달 뒤에 내가 이 도시를 떠난다면 나는 전생의 내가 그러했듯이 몇 년은 떠돌 것이다. 그 뒤에는 마음 내키는 대로 어딘가에 정착하겠지. 전생의 너와 나는 네가 13년을 사는 동안 한 번도 마주하지 못했다."

"서로의 위치가 달랐으니까."

"10년 뒤는 어떠냐."

위지호연이 말했다.

"13년 이후로 할까 하였지만 그 뒤의 일은 너도 모른다고 하니 그보다 빨리 만나는 것이 나을 것 같아. 10년 뒤에 만나는 것으로 약속을 잡지. 장소는 네가 정해라. 나는 지리 따위는 알지 못한다."

"루베스."

이성민이 생각할 것도 없이 즉답했다.

"에리아에서 가장 크고 변화한 도시 중 하나야. ……거기서 만나면 될 것 같아. 날짜는 언제가 좋을까?"

"3월 14일."

잠깐 고민하던 위지호연이 입을 열었다.

"내 생일이다. 잊을 일은 없겠지. 너도 기억해 둬라. 10년 뒤의 3월 14일. 루베스라는 도시에서 너와 나는 다시 만나는 거야."

그렇게 10년 뒤의 만남 약속이 정해졌다. 동시에 그 약속은 이성민에게 하나의 목적을 만들어주었다.

앞으로 10년 동안 절대로 죽지 않는다. 위지호연을 만날 때까지 절대로 죽어서는 안 된다. 아니, 그냥 살아남기만 해서는 안 된다. 위지호연을 목적으로 잡은 이상, 그녀에게 가까워질 수 있도록 노력해야 한다.

일류 정도의 수준으로는 위지호연의 발끝까지도 다가갈 수 없을 것이다. 그 이상까지. 전생의 이성민이 결코 넘보지 못했던 수준까지 나아가야 한다.

다시 시작한 생에서, 이성민은 여러 가지의 목적을 가지게 되었다.

하나는 전생의 기억을 통해 잡을 수 있는 기회를 확실하게 잡는 것이다. 제나비스의 무골, 고서점의 천진심법, 토너먼트의 성령단. 그것으로 끝이 아니다. 몇 가지 더 얻을 수 있는 것이 남아 있다.

두 번째는 살아남는 것, 세 번째는 위지호연이다. 위지호연보다 강해질 수 있다고는…… 생각하지 않는다. 가진 것이 너무 다르고, 타고난 것도 너무 다르다.

하지만, 그래도, 위지호연보다 강해지는 것을 목적으로 삼았다.

2주가 더 흘렀을 때. 위지호연은 구천무극창 성민식을 완성했다. 본래의 구천무극창의 진입 장벽을 낮추고 이성민이 익숙한 추혼창법의 초식을 초반에 섞어 넣었다.

구천무극창 성민식을 완성하였지만 위지호연은 떠나지 않았다.

"한 달 뒤에 떠난다고 하였으니까. 앞으로 2주 동안은 너에게 구천무극창 성민식을 지도해 주마."

그렇게 남은 시간 동안 이성민은 위지호연에게 구천무극창 성민식에 대한 지도를 받았다.

2주가 지났다.

이성민과 위지호연은 잭의 여관 뒤뜰에 마주 섰다.

위지호연은 오늘 제나비스를 떠난다.

여비는 10만 에르. 그것도 이성민이 빌려준 것이다. 차림새는 단출했다.

처음 소환되었을 때 입은 무복에, 잭이 챙겨준 가방. 가방 안에는 여정 도중에 먹을 육포 따위가 들어 있다. 무기는 없다. 애초에 위지호연은 무기를 사용하지 않는다.

"20초를 양보해 주마."

위지호연이 가방을 내려놓았다.

비무를 하자.

먼저 권했던 것은 위지호연이었다. 이성민은 그를 거부하지는 않았다. 결과 따위는 이미 알고 있다. 지금의 이성민이 아무리 발악을 한다고 해도 위지호연을 상대로 절대로 이길 수는 없다.

20초를 양보해 준다고 하여도 그 결과는 바뀌지 않는다. 이성민이 몇백 번 창을 찌른다고 하여도 위지호연을 상처입힐 수는 없을 것이다.

알면서도 이성민은 이 자리에 섰다. 목적으로 삼은 위지호연의 실력을 알고 싶었기 때문이다.

창.

전생에서도, 지금도 이성민이 선택한 무기는 창이었다. 처음 창을 쥔 이유는…… 안전해 보여서, 멀리서 졸렬하게 휙휙 찌르면 될 것 같아서, 가까이 다가가 칼을 휘두르는 것은 무서워서, 그래서 창을 선택했었다.

이유는 그리되기는 했지만 이성민은 창이 좋았다. 오래 사용해서, 손에 익어서. 손에 익으면 익을수록 창이라는 무기의 난해함에 숨이 막혀왔지만, 이번 생에서도 이성민은 창을 선택했다.

창 이외의 무기는 생각할 수가 없었다. 이제 와서 새로운 무기를 쥐어 손에 익힐 자신도 없었고, 이류 무공이라고는 해도 추혼창법을 포기하고 싶지도 않았기 때문이다.

그래, 고집이다.

회귀하면서 내공은 이어지지 않았다. 이성민이 가지고 온 것은 13년간 에리아에서 살아남았던 경험이었고, 창술에 대한 이해도였다.

이성민은 그것을 포기하고 싶지 않았다. 그 기억은 이성민이라는 인간이 13년 동안 이 빌어먹을 세계에서 생존해 온 증거였다.

14살의 육체는 이성민이 기억하는 창술을 제대로 펼치기에는 너무 어렸지만 그것도 이제는 익숙해졌다.

내공?

자하신공과 위지호연에게 받은 2할의 내공 덕에 지금의 이성민은 전생에 지녔던 내공보다 오히려 많은 내공을 가지게 되었다.

거기에 창술도 비약적인 발전을 거두었다. 위지호연은 이성민에게 부족한 기본기를 지도해 주었다. 창술뿐만이 아니라 많은 것들을 가르쳐 주었다.

새로 시작하게 된 이 삶에서 이성민이 얻은 가장 큰 기연은, 위지호연과 만난 것임이 틀림없었다.

위지호연은 이성민에게 자하신공을 알려주었다. 2할의 내공을 전해주었다. 구천무극창을 알려주었다.

그 외에 많은 것을 알려주었다. 이성민이 가지고 있는 기억 중에서 위지호연만큼 이성민에게 많은 것을 가르쳐 준 사람은 아무도 없었다.

위지호연은 자신의 가르침에 큰 대가를 요구하지도 않았다. 위지호연은 뛰어난 스승이었다. 만약 위지호연이 허락했다면 이성민은 위지호연에게 구배지례를 올리고 정식으로 그녀의 제자가 되었을 것이다. 그러나 위지호연은 그를 허락하지 않았다.

친구니까.

그것이 위지호연이 말한 이유였다.
'20초.'
위지호연이 양보해 준 초 수.
이성민이 20번의 공격을 마칠 때까지 위지호연은 반격하지 않을 것이다. 위지호연이 할 수 있는 것은 공격을 막거나 피하는 것뿐이다.

의미는 없다. 비슷한 실력이거나, 살짝 떨어지는 실력 정도라면 20초 수의 양보를 통해 상대의 목을 취하거나 승패를 가릴 수도 있겠지.

하지만 이성민과 위지호연의 사이에 존재하는 차이는 그 정도가 아니다. 압도적인, 그런 차이가 둘 사이에 존재하고 있다.

그것을 앎에도 이성민은 섣불리 움직이지 않았다. 의미가 없는 공격. 절대로 위지호연에게 닿지 않을 공격.

뭔 대수냐.

'첫 초식은 뭐로 하지?'

무엇으로 선공을 가해야 할까. 어차피 위지호연에게는 닿지 않겠지만, 이성민은 신중을 기했다. 그는 최선을 다할 생각이었다. 위지호연을 죽일 생각으로.

추혼창법의 초식은 셋이다.

일식 일격일살.

이식 역류살.

삼식 분뢰격.

모두가 그리 복잡한 초식은 아니다. 추혼창법의 그런 세 개의 초식은 위지호연이 고친 구천무극창 성민식에 그대로 녹아 있다.

초식의 난해함으로 승부를 볼 수는 없다. 구천무극창 성민식을 만든 것은 위지호연이기에 이성민이 사용하는 초식들에 대해서는 모두 다 알고 있다고 봐야 한다.

이성민은 천천히 발을 끌었다. 위지호연은 뒷짐을 진 자세에서 오른손만 들어 앞으로 내밀고 있었다.

이른 새벽이었고, 바람은 조금 쌀쌀했다.

근처 나무의 참새가 짹 하고 울었다.

쉬익!

이성민의 손에서 창이 쏘아졌다. 위지호연이 가르쳤던 란, 나, 찰 중에서 '찰'이었다.

아니, 단순한 찰이 아니다. 이 일격은 구천무극창 성민식의 일초(一招)였다.

추혼일살(追魂一殺).

맹렬한 회전을 담은 그 일격은 이성민의 전신에서 끌어온 탄력과 내공의 증폭을 받았다. 발경법과 내공의 도움을 받은 일격은 순식간에 위지호연의 가슴으로 쏘아졌다.

타악!

위지호연의 손이 움직였다. 그녀는 가슴 근처까지 올렸던 오른손을 가볍게 휘저어 이성민의 추혼일살을 파훼했다.

"다음."

위지호연이 중얼거렸다. 이성민은 조급해하지 않았다. 이런 결과는 예상했던 바이니까.

이성민의 발이 움직였다. 앞으로 움직일 필요는 없다. 창이 닿는 거리는 이미 확보되어 있다.

'아, 이건.'

호흡을 끊어내면서 창을 쏘아낸다. 찌르고, 휘둘러 치고.

위지호연이 가르쳤던 기본기에 충실했고 구천무극창 성민식의 구결을 충실히 따랐다. 기본기와 실전성이 더해진 창법은 이미 이류의 수준을 넘었다고 해도 좋겠지만, 위지호연에게는 통하지 않았다.

그녀는 뒤로 물러서지도 않고 오른손만 움직인다. 위지호연의 눈은 이성민이 창을 휘두르는 것보다 빠르게 움직이며 궤적을 확인하고 도달점을 예지한다. 그렇게 방어가 완성된다.

위지호연의 손은 열세 살 여자아이의 손에 걸맞게 작았으나, 이성민이 전력으로 쏘아낸 창두의 날카로운 쇠붙이는 위지호연의 손에 생채기 하나 내지 못한다.

그런 차이다. 무공에 입문한 지 반년도 안 된 이성민. 위지호연과의 만남으로 내공에 큰 진전을 거두었다고는 하여도 좋게 쳐줘 봐야 일류.

반면에 위지호연은 어떤가. 천재적인 자질을 타고난 그녀는 그 자질에 걸맞게 어린 시절부터 다양한 영약과 무공을 접했다.

비록 나이는 어리다고 하여도 위지호연의 무공에 대한 이해와 경험은 이성민이 살고 기억한 시간을 아득히 초월하고 있다. 그래서 결과가 뻔하다는 것이다.

"……졌다."

이성민은 숨을 몰아쉬면서 중얼거렸다. 위지호연이 양보해준 20초. 이성민은 그 20초를, 그 자신이 생각할 수 있는 한 최선의 공격들을 거듭했다.

"잘했어."

땀을 뻘뻘 흘리며 지쳐 있는 이성민과는 다르게, 위지호연은 조금도 지친 기색을 보이지 않았다. 그녀는 오른손을 툭툭 털면서 이성민에게 다가왔다.

양보한 20초 동안 이성민은 위지호연에게 20번의 공격을 감행했으나, 그 모든 공격은 위지호연의 오른손에 쳐 내졌다.

20초가 끝났을 때 위지호연이 움직였다.

그녀의 접근은 보법을 쓴 것이겠지.

이성민은 위지호연의 접근을 읽지 못했다. 다만, 아주…… 얕게 느낄 수는 있었다. 가만히 있어서는 안 된다고.

"마지막 판단은 좋았어. 덕분에 일초를 더 사용했으니까."

막무가내로 찌른 창의 궤적에 위지호연의 신형이 걸렸다. 그를 피하기 위해 위지호연은 일초를 더 사용했다.

위지호연은 숨을 몰아쉬느라 들썩거리는 이성민의 어깨에 손을 올리며 방긋 웃었다.

"넌 눈치가 좋아."

그것은 위지호연이 진심으로 하는 칭찬이었다.

"경험을 떠나서, 이것은 타고났다고 봐도 좋을 거다. 보이지 않는 것을 짐작하려 하고, 짐작하였다면 그것은 이미 재능이라고 할 수 있지. 언젠가, 그것은 네가 가진 뛰어난 무기가 될 것이다. 10년 뒤가 기대되는군."

"……하지만 졌어."

"당연하지. 나는 소천마 위지호연이다. 여기서 패배할 리가 없지."

위지호연이 크게 웃었다. 그녀는 뭔가 개운한 표정이었다. 몇 달 동안 머물렀던 도시를 떠나게 된다는 것이 그녀에게 해방감을 준 것일까.

반면에 이성민은 가슴이 조금 답답했다.

'아쉬워.'

이성민은 그런 감정을 느끼고 있었다. 생각해 보면 전생에서…… 이렇게까지 길게 터놓고 지낸 사람은 한 명도 없었다.

전생의 이성민은 친구라는 것도 없었고, 동료 의식도 희미

했다. '용병 동료'는 있었지만, 노 클래스 출신이라는 것으로 다양한 개고생과 지랄을 겪어온 이성민은 같은 용병들을 동료라고 생각한 적은 없었다. 애초에 그런 동료 관계에 신뢰라는 것은 없었다. 우정은 말할 것도 없다.

하지만 위지호연은 달랐다. 이해타산적이었던 이성민과 비교하자면 위지호연은 순수했다. 위지호연은 이성민이 만나고 겪은 인간군상 중에서 유별난 축이었고, 위지호연이 이성민이 첫 친구라고 하였듯이 이성민에게도 위지호연은 첫 친구였다.

그래서 아쉬움을 느낀다. 위지호연과 헤어지게 된다는 것이. 설마 자신이 이런 감정을 느끼게 될 줄은 몰랐기에 이성민은 조금 당황하고 있었다.

"표정이 왜 그렇지?"

위지호연이 머리를 갸웃거리면서 물었다. 이성민은 한숨을 푹 내쉬면서 얼굴을 타고 흐르는 땀을 벅벅 문질러 닦았다.

"아쉬워서 그래."

"그래? 나랑 똑같군."

위지호연이 풋 하고 웃었다. 그녀는 소매를 흔들면서 몸을 돌렸다. 나무 아래에 던져둔 가방을 들어 올리면서 위지호연은 말을 이었다.

"너랑 헤어지는 것은 아쉬워. 마음 같아서는 계속해서 너와 함께 다니고 싶을 정도야."

"그러면 그렇게 하면 되잖아."

"그에 대한 대답은 이미 했을 텐데. 너를 위해서, 나를 위해서라고."

"이해하고 있어. 그냥, 투정을 부려봤을 뿐이다."

"하하! 따지고 본다면 네 정신 연령은 27살 아닌가? 27살 먹은 놈이 13살인 나에게 투정이라……. 상상해 보니 조금 역겹군."

역겹다니. 말이 너무 과한 것 아닌가.

아니, 위지호연은 항상 저랬다. 가끔 말이 너무 직설적으로 나온다. 그것도 너무 독하고 심하게.

"아쉽지만 헤어져야 해. 네가 해야 할 일이 있듯이, 나는 하고 싶은 일이 있다. 그리고, 헤어짐으로써 10년 뒤를 기대할 수 있게 되지."

"……기대?"

"그래, 나는 아주 기대돼. 방금 전의 비무…… 쉬웠다. 너무 쉬웠어. 하지만 나는 네 실력에 만족했다. 내가 가르치면서 너에게 기대한 만큼 너는 해주었거든. 특히나 마지막의 일수는 상당히 좋았다."

"우연이었을 뿐이다."

"그 일수를 우연이 아니게 만드는 것이 네가 해야 할 일이다. 후후! 10년 뒤가 기대돼. 뭐, 그때도 내가 이기겠지만."

위지호연이 웃는 소리를 내면서 가방을 들어 등에 멨다. 이성민은 뚱한 얼굴을 하고서 서 있는 위지호연을 바라보았다.

"아쉬워하지 마. 10년 뒤에 만날 수 있으니까."

"10년은 길어."

"갑자기 투정을 부리는군. 왜, 나랑 교접이라도 하고 싶어졌느냐?"

위지호연이 뒤를 돌아보면서 물었다. 이성민은 눈을 끔벅거리면서 위지호연을 바라보았다. 침묵이 이어졌다. 이성민은 위지호연이 말한 '교접'이라는 말이 무슨 뜻인지 이해하지 못했다.

"교…… 뭐?"

"흠, 부끄러운 단어를 반복시키게 하는군. 그러니까, 나와 아이를 만들고 싶어졌냐 이 말이다."

위지호연이 턱을 어루만지면서 말을 풀이해 주었다. 이성민의 입이 쩍 하고 벌어졌다.

"뭐, 뭐?"

"아니면 말고. 하긴, 그런 일을 하기에는 너무 어리군. 아니, 그렇지도 않나?"

위지호연이 머리를 갸웃거리면서 중얼거렸다. 위지호연은 태연한 모습이었지만 이성민의 얼굴은 벌겋게 달아올랐다.

그는 입술을 뻐끔거리다가 버럭 고함을 질렀다.

"어린놈의 새끼가 못 하는 말이 없어!"

"하하! 농담이다, 농담. 친구 사이라면 해도 되는 농담 아닌가?"

"안 돼!"

"그래? 그건 몰랐군. 친구가 있던 적은 처음이라서. 앞으로 조심하도록 하지."

위지호연이 웃으며 말했다. 그녀는 등에 멘 가방을 한 번 흔들고서 이성민에게 다가갔다.

"뭐, 하지만 너라면 그런 일을 해도 괜찮을 것 같기는 해. 너는 보고 있으면 제법 재미있거든. 그래…… 10년 동안 그 생각이나 하고 있거라. 10년 동안 내 유방이 얼마나 커질지."

"안 해!"

"왜? 생각한다고 해서 닳는 것도 아니지 않은가. 사실 나도 궁금하거든. 네가 살았던 전생에서의 나는 남자로 알려져 있었다지? 그렇다면 이대로 가도 젖가슴은 크게 자라지 않는다는 말인데…… 후후! 젖가슴을 키워 널 만나는 것도 꽤 재미있을 듯해. 네가 깜짝 놀랄 테니까."

"미친……."

이성민이 할 말을 잊어 욕설을 중얼거렸다. 위지호연은 이성민을 지나치면서 그의 어깨를 가볍게 두들겼다.

"10년 뒤에 보자. 루베스의 중앙 광장, 3월 14일. 기억하고 있으마."

"……그래."

"죽지 마라."

위지호연이 지나가는 말처럼 그 말을 남겼다. 이성민은 그 말을 가장 깊이 받아들였다.

"안 죽어."

이성민은 뒤를 돌아보았다. 여관 뒤뜰을 나서는 위지호연의 등이 보였다.

"절대 안 죽어."

스스로에게 주문을 걸듯이, 이성민은 그렇게 중얼거렸다.

그렇게 위지호연은 떠났다.

10년 뒤의 만남을 기약하고서.

to be continued

SUPER ACE
슈퍼에이스

예성 장편소설

야구 선수의 프로 계약금이 내 꿈을 정했다.

"왜 야구가 하고 싶니?"

"돈을 벌고 싶어요!
집을 살 수 있을 만큼!"

시작은 돈을 벌기 위해서였다.
하지만 이제는 꿈의 그라운드를 위해서
메이저리그 명예의 전당을 노린다!

지갑송 퓨전 판타지 장편소설

레벨업하는 몬스터

[특성개화 100% 완료]

시스템 활성화
특성 개화로 인하여 종족 변경:
인간 ➡ 몬스터

인간과 몬스터가 공존하는 현대.
갑작스런 특성의 개화.
기사도 사냥꾼도 아닌 몬스터로 종족이 변했다!
더 이상 인간으로 생활이 불가능한 상황!

"도대체 뭘 어떻게 하면 되냐고!"

처절하게 레벨을 올려야
사람으로 살 수 있다!